The 永恒之王
Candle in the
Wind
风中之烛

［英］T.H.怀特 T. H. White 著
赵志强 译

新星出版社 NEW STAR PRESS

THE ONCE AND FUTURE KING by T. H. White

Copyright©1939, 1940, 1958 by T. H. White
All rights reserved.

著作权合同登记图字：01-2012-2407

图书在版编目（CIP）数据

风中之烛 /（英）怀特（White，T.H.）著；赵志强译.-- 北京 ：新星出版社，2014.5
（永恒之王；4）
ISBN 978-7-5133-1340-7

Ⅰ．①风… Ⅱ．①怀… ②赵… Ⅲ．①长篇小说－英国－现代 Ⅳ．①I561.45

中国版本图书馆CIP数据核字（2013）第208033号

风中之烛

（英）T.H.怀特 著；赵志强 译；豆儿 插图

责任编辑：汪　欣
特约编辑：李佳熙
封面设计：何海林
责任印制：韦　舰
装帧设计：龙珊珊

出版发行：新星出版社
出 版 人：谢　刚
社　　址：北京市西城区车公庄大街丙3号楼 100044
网　　址：www.newstarpress.com
电　　话：010-88310888
传　　真：010-65270449
法律顾问：北京市大成律师事务所

读者服务：010-88310800　service@newstarpress.com
邮购地址：北京市西城区车公庄大街丙3号楼 100044

印　　刷：山东临沂新华印刷物流集团有限责任公司
开　　本：787mm×1092mm　1/32
印　　张：5.625
字　　数：135千字
版　　次：2014年5月第一版　2014年5月第一次印刷
书　　号：ISBN 978-7-5133-1340-7
定　　价：22.00元

版权专有，侵权必究；如有质量问题，请与出版社联系更换。

目 录
CONTENTS

第一章 ………………… *1*

第二章 ………………… *11*

第三章 ………………… *18*

第四章 ………………… *34*

第五章 ………………… *51*

第六章 ………………… *63*

第七章 ………………… *68*

第八章 ………………… *81*

第九章 ………………… *100*

第十章 ………………… *109*

第十一章…………*124*

第十二章…………*141*

第十三章…………*149*

第十四章…………*157*

"他微微思索了一下,说道:我已经发现动物园对我大多数病人都有疗效。我应该给大祭司先生开一个大型哺乳类动物的药方。不要让他以为自己是在吃药。"

第一章

年岁的增长对阿格莱瓦很是无情。在他四十岁的时候，就已经看起来和现在五十五岁的他一样老。他很少有清醒的时候。

而莫桀，这个带着冰冷气息的男人，却丝毫不显老。他的年龄极难揣测，如同他的蓝眼睛一样深不可测，如同他歌唱家般的嗓音一样充满变数。

他们俩此刻正站在卡米洛特奥克尼宫殿的回廊上，望着栖息在绿色庭院里的积木上沐浴在阳光下的群鹰。这座回廊有着新式的火焰形拱门，在拱门优雅框架的映衬下，群鹰显得高贵而漠然，看上去那么醒目——一只矛隼，一只苍鹰，一只猎鹰和她的雄鹰，另有四只小灰背隼，这四只小隼养了一冬天，不过最终都得以存活。积木上干干净净——对于那个时代那些爱好狩猎的人来说，如果你热衷于此类血腥的运动，那一丝不苟地把这种兽性隐藏起来自然成了你的分内之责。所有的鹰都装饰着漂亮的鲜红色西班牙皮革和金属饰品。系鹰的皮带是用白马皮编成。不过那只矛隼的皮带和脚带用的是货真价实的独角兽皮，来作为对她这一生地位的褒奖。她当初被人们大老远从冰岛带来，他们这么待她是应该的。

莫桀愉快地说道："看在上天的分上，我们不要待在这里了。这里太难闻了。"

他说话的时候,群鹰微微动了动,它们身上的铃铛随之发出低语般的声响。那些铃铛是当初从印度带来的,价格不菲,系在矛隼身上的那一对就是银制的。一只有时候被用作诱饵的雕鸮此刻正蹲在回廊阴影的栖木上,随着铃铛的声响,他睁开了双眼。在他未睁眼之前,可以说他①充其量不过是只填充起来的猫头鹰标本,一个杂乱的羽毛团。但一待他目光突放,立刻就成了爱伦·坡②笔下的恐怖生灵,你几乎不想再去看他。他那红色的眼睛带着杀气,令人惊悚,似乎还发着光,好似充盈着火焰的红宝石。人们都叫他大公爵。

"我什么都没闻到。"阿格莱瓦道。他狐疑地嗅着鼻子,想闻出什么味道。不过他的上颚不管对嗅觉还是味觉早已失去作用,况且他还有头疼的毛病。

"是'运动'的臭味。"莫桀话有所指,"还有'惯例'和'名流'的臭味。我们去花园吧。"

阿格莱瓦不为所动,执着地返回到他们先前讨论的话题上。

"不必为此烦躁。"他说,"虽然我们知道是非曲直,但别人不知道。所以不会有人听的。"

"可是他们必须听!"莫桀眼睛里的小斑点迸发出蓝绿色的光芒,明亮如猫头鹰的眼睛。他没有成为那种歪斜着肩膀,身着华丽衣服的纨绔子弟,而是成了一切的'源起'。在这件事情上,他与亚瑟全然对立——是那个英格兰人完全不可调和的对立面。他变成了无法征服的盖尔人,变成了比亚瑟的种族更古老更神秘的灭绝种族留存的后代。现在,当他深深着迷于

---

① 作者有时用人格称谓描述动物。——编者注
② 爱伦·坡(Edgar Allan Poe)(1809~1849),十九世纪美国诗人、小说家和文学评论家,以悬疑、惊悚小说最负盛名。 ——译者注(以下除特别注明外均为译者注。)

他的这种"源起"时,亚瑟的法治在他看来便是那么的平庸、肤浅和愚钝。与皮克特人原始而野性的智慧比起来,这种法治似乎只是一种无味的自我满足。当他藐视亚瑟时,他的神情里满是他母亲祖先的影子——这些祖先的文明跟莫桀的一样,来自于母系家族——他们骑在没有马鞍的马背上,驾着双轮战车,讲究作战谋略,用敌人的头颅装饰他们的可怕要塞。他们蓄着长发,一往无前,凶猛无比,一位古代作家曾这样描写他们:"仗剑在手,涉过泛滥之江,渡过风暴之海,而毫不畏惧。"如今,他们的代表是爱尔兰共和军[①]而不是苏格兰民族党人[②],后者只会谋杀地主,然后反过来谴责此类谋杀事件。他们是这样的民族,可以把林查霍恩这样的人树立为民族英雄,就因为他咬掉了一个女人的鼻子,而这个女人是戈尔人;他们被历史的火山驱逐到世界的偏远角落,在那里,即便到了今天,他们仍带着恶毒的抱怨和自卑感,宣扬着他们那古老的自大感。他们是天主教徒,不过,如果有哪位教皇或圣徒——如艾德里安,亚历山大或圣杰罗姆——的教规不合他们的胃口,他们便会公然发出挑衅——他们是歇斯底里、敏感、悲恸连天和广遭斥责的破碎遗产守卫者。他们残暴而狡诈,他们身上英勇无畏的反抗精神早在几个世纪前就已经被以亚瑟王为代表的外来者所征服。而这正是横亘在父与子之间诸多障碍中的一个。

阿格莱瓦道:"莫桀,我想跟你谈谈。这里好像没什么地方好坐。你就坐在那个上面吧,我坐这里。不会有人听见我们说话的。"

[①] 爱尔兰共和军(Irish Republican Army)是1919年由旨在建立独立的爱尔兰共和国的民族主义军事组织"爱尔兰义勇军"改编而成,目的是与驻在爱尔兰的英军作战。曾为爱尔兰独立,现在为统一北爱尔兰而战。
[②] 苏格兰民族党又称苏格兰国家党,是以苏格兰为基地的英国中左翼政党。该党宣称以苏格兰独立为主要政治目标。

"他们就是听到了，我也不在乎。他们听到了更好。这事就应该大声地说出来，而不是在这回廊里窃窃私语。"

"窃窃私语终究还是会传出去的。"

"不，不会传出去的。他们不会这么做的。既然他不想听我们说，即便我们怎么低语，他都会装作什么都听不到。如果你是英格兰国王，当这么多年，你不可能学不会装模作样。"

阿格莱瓦有点不安。他对国王的仇恨并不像莫桀那样显得实实在在——事实上，除了兰斯洛特，他个人对其他任何人都没有多大的敌意。他的态度在很大程度上只是出于一时的恶意。

"我觉得抱怨过去发生的事情并无益处。"他阴郁地说道，"事情发生在很久以前，事态又那么复杂，我们不能期望别人都站在我们这一边。"

"事情也许是发生在很久以前，但这并不能改变亚瑟是我父亲，在我还是个婴儿的时候将我放入船中任其漂流的事实。"

"对你来说也许改变不了。"阿格莱瓦道，"但对其他人来说却会。这件事如此混乱，没人会去细究。你不能期望普通人会记住祖父和同父异母或同母异父此类的事情。总之，现在人们不会为了私人恩怨开战。你需要的是一种国家恩怨，一种与政治相关，正等待着爆发出来的东西。你需要做的是利用那些你现成的工具。比如说约翰·保尔①。他信仰共产主义，有成千上万的追随者，如果发生动乱，那些人出于自己的目的，都很乐于协助他。还有比如说撒克逊人。我们可以说我们支持民族主义运动。这样，我们就可以加入他们，以"民族共产主

---

① 约翰·保尔（John Ball），英国牧师，社会改革家，思想家。在瓦特泰勒之乱中组织农民军，鼓吹社会平等，得到民众的支持。叛乱被镇压后处死。有著名演说《奴隶与自由民》。

义"这样的口号。不过这样的口号必须要既广泛又流行，让每个人都能感觉到；必须要触动到众多的人，像犹太人、诺曼人或者撒克逊人，以激起每个人的怒火。这样一来，我们要么可以去当寻求正义的原住民的领袖，帮他们对抗撒克逊人；要么可以去当撒克逊人的领袖，对抗诺曼人；或者是去当农奴的领袖，对抗对他们来说不公的社会。我们需要有旗帜，没错，还需要有徽章。你可以采用希腊十字①。还有共产主义、民族主义，类似的都行。但是出于私人的恩怨去跟那个老人对抗，那是徒劳无益的。总之，那要花上你半个钟头的时间去解释整件事情，即便你在房顶上大喊也于事无补。"

"我可以喊我母亲是他的姐姐，因为这个，他就想把我淹死。"

"悉听尊便。"阿格莱瓦道。

方才在那只雕枭醒来之前，他们一直在谈论早年他们家族蒙受的屈辱——谈到他们的外祖母伊格赖因，她被亚瑟的父亲强占；谈到戈尔族和高尔族年代久远的世仇，这是在古老的洛锡安时，他们的老母亲对他们的教导。但从阿格莱瓦的冷漠足以判断，这些屈辱都过于久远和混乱，很难用来作为对抗国王的武器。现在他们谈到了较近的一次屈辱——亚瑟和他同母异父的姐姐犯下的罪孽，而且企图以杀死他们的孽果私生子来收场。这当然是更有力的武器，但麻烦在于，莫桀本人正是那个私生子。身为兄长，他的脑袋要转得快一点，他的怯懦告诉他，儿子要想以私生子这样的旗号号召人们去推翻父亲几乎是不可能的。此外，亚瑟在很早之前就让人不要再张扬此事了。如今莫桀自己要将此事挑出，看起来真是个下策。

他们默默地坐着，盯着地板。阿格莱瓦看上去身体欠

---

① 原为基督教十字架的一种形式，其十字架的四臂相等。

佳，眼袋低垂。莫桀仍和以往一样，身材利落匀称，保持着当下最流行的体型。他那一身夸张的装扮很好地给他作了伪装，让人很难看出衣服底下他那歪斜的肩膀。

他说道："我并不觉得自豪。"

他痛苦地看着他同父异母的兄弟，眼神里包含了比别人能领会得到的更多含义。他用他的眼睛无声地说："那么，看看我的驼背吧！我没有什么理由为我的出身感到自豪。"

阿格莱瓦焦躁地起了身。

"无论如何，我得先喝上一杯。"他回答道，拍手叫了侍从，然后用颤抖的手指拂过眼皮，倦怠地站在那里，用厌恶的神情看着猫头鹰。在他们等待送酒来的间隙，莫桀轻蔑地盯着他。

"如果你去耙那堆老粪，"希波克拉斯酒①让他重新焕发了活力，阿格莱瓦说道，"你会把自己耙进去的。我们现在不是在洛锡安，你必须谨记这一点。我们是在亚瑟的英格兰，他的英格兰子民都爱戴他。先不说他们不信你，就算是他们相信你，他们指责的也是你而不是他，因为是你将事情挑明的。有一点是可以肯定的，没有一个人会追随这样的反叛。"

莫桀看着他。他就像那只猫头鹰一样对他充满恨意——咒骂他是个叛徒。他不能忍受他复仇的白日梦受阻，所以在脑海里发泄着对阿格莱瓦的怨恨，他告诉自己，这个人真是家族里一个常喝得醉醺醺的叛徒。

阿格莱瓦注意到了这一点，他的半杯酒已入肚，得到莫大的慰藉，脸上也露出了笑容。他拍了拍弟弟健康的那一边肩膀，督促他快把酒满上。

"喝吧。"他咯咯地笑着说道。莫桀喝了起来，活像一只

---

① 欧洲中世纪的一种甜药酒。

被下了药的猫。

"你可听说过,"阿格莱瓦以戏谑的口吻问道,"一个叫兰斯洛特的强大圣徒?"

他眨了眨他的肿泡眼,用仁爱的眼神向下看着莫桀的鼻子。

"继续说。"

"想必你已听说过我们这位英勇的骑士了。"

"我当然知道兰斯洛特,兰斯洛特爵士。"

"这位纯粹的绅士曾一次或两次把我们俩击落马下,我觉得我说得的没错吧?"

"兰斯洛特第一次把我击落马下,"莫桀道,"是很久以前的事了,我已经记不得是什么时候。但这并不能说明什么。一个人能用一根棍子把你从马上推下来,但这并不意味着他就比你厉害。"

说也奇怪,现在提到兰斯洛特,莫桀从刚才旗帜鲜明的态度变得漠不关心起来。而在此之前一直有点勉强的阿格莱瓦,却变得活跃了起来。

"正是。"他说道,"而我们的高贵骑士一直以来都是英格兰王后的情人。"

"人人都知道自从发大洪水以来,桂妮薇就一直是兰斯洛特的情人,但知道了又有什么用?国王自己也心知肚明。据我所知,有人告诉他三次了。我看不出我们能做什么。"

阿格莱瓦将一根手指放在鼻子一侧,就像是个喝醉酒的风笛手,然后对着自己的兄弟摇摇手指。

"是有人跟他说过这事。"他郑重其事地说道,"但都不是直截了当地挑明。他们给他的暗示,比如上面有双关意义纹章的盾牌啦,或者只有忠贞妻子才能使用的角杯啦,但从没有人公开地把这事当面告诉过他。莫利亚格雷斯只是做了泛泛的指控，而且那还是比武审判①那时候的事。如果我们亲自揭发兰斯洛特爵士，按新法的规定，想想会发生什么？到那时候国王就不得不进行调查了。"

莫桀像先前的那只猫头鹰一样，双眼突放光芒。

"嗯？"

"除了分裂之外，我看不出还会发生什么。作为他的总司令和军队指挥官，亚瑟对兰斯洛特一向颇为倚重。那正是他权力的来源，因为大家都知道，没有人能与武力抗争。但是如果我们能对亚瑟和兰斯洛特搞一个小小的恶作剧，那么由于王后的原因，他们的力量自然就会分裂。那时就是我们采取策略的时候了。接着那些不得志的人，罗拉德派②教徒、共产主义分子、民族主义分子和那些乌合之众都会闻声而动。接下来就是你实施你那有名的复仇的时候了。"

"我们可以分裂他们，因为他们先自己从内部分裂了。"

"它的意义还不止于此。"

"它意味着康沃尔家的人为他们的外祖父复了仇，而我为母亲复了仇……"

"……不是以暴力对暴力的方式，而是用我们的智慧。"

"它还意味着我可以向当我还是个婴儿的时候想淹死我的那个男人复仇……"

"……先揭发这个恶霸，然后徐徐而进。"

"揭发我们赫赫有名的……"

---

① 比武审判（trial by battle），欧洲中世纪的传统，双方各执一词，又无法通过现场作出评判时，即进行比武审判，胜者为赢。
② 罗拉德（Lollards）是十四世纪末的一位英国宗教改革家。该派批判教会的世俗财富，谴责教会的权力和特权，并把《圣经》作为基督教信仰和实践的准则。

"……兰斯洛特爵士！"

当时的情形是（这或许是最后一次赘述了），亚瑟的父亲杀死了康沃尔伯爵，而他之所以杀死这位伯爵，是因为他想占有他的妻子。就在伯爵被杀死的那个晚上，不幸的伯爵夫人就怀上了亚瑟。从守丧、婚庆以及其他种种习俗来看，显然亚瑟出生的时候不对，所以他被秘密地送到野森林城堡的埃克特爵士处寄养。他长大成人，却对自己的身世全然不知，直到当他十九岁的时候，他遇到了摩高丝，当时他并不知道她是他几个同母异父的姐姐（伯爵夫人和被杀死的伯爵所生）中一个。这个同母异父姐姐当时已是高文，阿格莱瓦，加荷里斯和加雷恩四个孩子的母亲，年龄是这位年轻国王的两倍——但她还是成功地引诱了他。他们结合生下的便是莫桀，在原始而偏远的外岛上，母亲独自将他带大。他一直独自待在摩高丝身边，因为他比其他家庭成员要小得多。其他家庭成员早就飞奔至国王的宫殿——他们去那里主要受他们野心的驱使，因为那里是世界上最伟大的宫殿，或者是想逃离他们的母亲。莫桀被留了下来，受她支配，与她祖上留下来的对国王的仇怨和她对国王的私愤为伴。因为，虽然她费尽心机地引诱了年轻的亚瑟，但他还是逃离了她——娶桂妮薇为妻。摩高丝在北方与这个留给她的孩子为伴，她阴郁地思考着，将她从母系家族那儿得来的力量全都倾注在了这个肩膀歪斜的孩子身上。她对他时而深爱有加，时而忽略不见，她成了一只贪得无厌的肉食动物，以她的狗们、情人们和儿子们对她的爱维生。最终，当她另外几个儿子的其中一个发现七十岁的她与一个叫兰马洛克爵士的年轻人睡在一张床上时，在风暴般的嫉妒中，他砍下了她的头。莫桀——困惑于对这个可怕家庭的爱与恨——在当时对她的暗杀也有参与。如今，在父亲的宫殿里，虽然父亲考虑得足够周全，想隐瞒他的身世，但这个不幸的儿子还是发现，他是高文、阿格莱瓦、加荷里斯和加雷恩所承认的兄弟；他还发现，母亲要他全心去憎恨的国王父亲，却待他很亲昵；他发现，在这个对纯粹智力评论过于直接的文化里，他是那么的怪异、聪明和爱挑剔；最后他发现，他身上继承的是北方的文化，与愚钝的南方教条从来都是那么格格不入。

第二章

给阿格莱瓦送希波克拉斯酒的侍从从回廊门口走了进来。他夸张地行了两次鞠躬礼,这是侍从在他们通往骑士路上,在他们晋升为骑士随从之前必须要行的礼节,然后高声道:"高文爵士,加荷里斯爵士,加雷恩爵士到。"

三个兄弟紧随在他身后,喧闹地谈论着户外冒险和他们的近况,这么一来,他们兄弟几个都到场了。他们中除了莫桀,都有妻子,只不过都被藏在某个地方,而且从未有人看见过。也很少有人看到他们兄弟几个分开这么久。当他们聚在一起的时候,总会显得有些孩子气,不过这种孩子气一点都不令人讨厌,反倒还挺吸引人的。或许亚瑟故事里的所有战士都带点孩子气——如果天真率性跟孩子气是同义词的话。

作为一家之长的高文走在最前面,他的拳头上站着一只长着雏羽的猎鹰。这个身材高大的家伙满头的红发间已生出了白发,耳朵上面的毛发是雪貂般的颜色,呈淡黄色,但很快就会变白。加荷里斯看上去很像他,或者至少可以说,和其他几个兄弟比起来,他是最像的一个。他的头发没那么红,身体没那么强壮,体格没那么结实,性格没那么固执,要更加温和一点。事实上,他还带着那么一点傻气。加雷恩是进来的三兄弟中年纪最小的一个,身上还留着年轻人的痕迹。他走起路来健步如飞,就好像是在享受生命的乐趣。

"啧!"高文嘶哑的叫声在门口响起,"已经喝上了?"他仍然留有他的外域口音,对纯正的英语视而不见,但他已不再用盖尔语思考了。尽管有违他的意愿,但他的英语还是长进了。他正在变老。

"呃,高文,呃。"

阿格莱瓦知道他午前喝点小酒的愿望是泡汤了,于是他礼貌地问道:"今天过得好吗?"

"不错。"

"美好的一天。"加雷恩感叹,"我们让她和兰斯洛特的雏隼①一道参加了猎物截击②,她真的是很聪明啊。没有袋狐也做得很好。我从未想过她会学得那么好!高文把她训练得好极了。她想都没想就扑了下来,就好像她没抓过别的东西,抓的就是这只苍鹭似的。她绕着白堡周围的草垛漂亮地绕了一圈,然后又贴着朝圣路上的甘尼斯侧飞到他的上方。她……"

高文注意到莫桀故意打起了呵欠,便说道:

"你该歇口气了。"

"飞得很漂亮。"他蹩脚地结语道,"既然她抓住了猎物,我觉得我们应该给她起个名字。"

"你会给她起个什么名字?"他们虚心向他请教。

"既然她来自兰迪,而且也是以'兰'字开头,那以兰斯洛特给她命名倒是个不错的主意。我们可以叫她兰斯洛特,类似的都行。她将会成为一流的猎鹰。"

阿格莱瓦眯着眼看着加雷恩。他以缓慢的语调说道:

"那你还不如叫她格温③。"

---

① 雏隼(passager),野外捕获的尚未成年的鹰。
② 原文为haul vollay。
③ 格温(Guen),桂妮薇(Guenever)昵称。

高文此时从院子里返回，他刚把那只游隼放回到她的栖木上。

"不要谈论这个。"他说。

"如果我说的不是实话，那我道歉。"

"我不关心你说的是不是实话。我只想说，管住你的嘴。"

"高文，"莫桀对着空中说道，"可真是一位勇敢的骑士，谁都不能在他面前说那些不道德的话，否则就有麻烦。你瞧，他是那么强壮——而且他在效仿伟大的兰斯洛特爵士。"

满头红发的家伙威严地转向他。

"我没那么强壮，兄弟，而且我也不想倚仗这一点。我只是想让我的人保持体面。"

"当然了！"阿格莱瓦道，"和王后睡觉是体面的事，即使国王的家族毁掉了我们的家族，让我们的母亲怀了孩子，还想把他淹死。"

加荷里斯抗议："亚瑟待我们一直很好，不要再发这样的牢骚了。"

"那是因为他怕我们。"

"我没看出来。"加雷恩道，"有兰斯洛特在，亚瑟有什么理由怕我们。我们都知道他是这个世界是最好的骑士，可以制服任何人。对吧，高文？"

"就我而言，我不想谈论这个。"

莫桀一瞬间火冒三丈，高文的高傲口吻激怒了他。

"很好，但我想谈谈！在马上比武方面我或许是个弱小的骑士，但我有站出来捍卫我的家族和权利的勇气。我不想当一个伪君子。这个宫殿里的每个人都知道王后和总司令是情人关系，我们本应该做纯粹的骑士，做女士的保护者，可是除了那个所谓的圣杯外，所有人对此都只字不提。阿格莱瓦和我已经决定现在就去找亚瑟，公开地当面向他问清楚王后和兰斯洛特的事。"

"莫桀，"他们的长兄大声道，"你不会做这样的事的！这是在作恶。"

"他会的。"阿格莱瓦说，"而且我将随他一同前去。"

加雷恩仍在痛苦的惊愕之中挣扎。

"看来他们是认真的。"他断言道。

从最初的诧异中回过神来之后，高文先发制人。

"阿格莱瓦，我是一家之长，我不准你这么做。"

"你不准我！"

"是的，我不准你，因为如果你这么做了，你就会是一个惹人怒的笨蛋。"

"诚实的高文，"莫桀评论道，"认为你是个惹人怒的笨蛋。"

这一次，这个高大的家伙像匹受惊的马，急速地转向他。

"不是你说的那样！"他大喊道，"你觉得因为你肩膀歪斜，你就可以利用这一点，以为我不敢揍你。但如果你敢嘲讽我的话，我就敢揍你，矮子。"

"高文，你真是吓到我了。你说得还真挺连贯的呢！"

接下来，当这个巨人朝他逼近的时候，同一个声音说道："来吧。揍我。这会展现你的勇气。"

"哎呀，别再说了，莫桀！"加雷恩恳求道，"别喋喋不休的了，你就不能停一小会儿吗？"

"如果你不恐吓他的话，"阿格莱瓦插话道，"他是不会像你说的那样喋喋不休的。"

高文像新式加农炮般爆发了。他像一头被激怒的公牛，朝他们两个冲了过去。

"我现在的灵魂已经是魔鬼的了,你们是想保持安静还是想走人?我们这个家族能不出乱子吗?闭嘴吧,看在上帝的分上,不要再提这些关于兰斯洛特爵士的愚蠢对话了。"

"这不愚蠢。"莫桀道,"而且我们还是要提。"他站起身。

"好了,阿格莱瓦,"他问道,"我们去找国王吧?还有人要去吗?"

高文一动不动地挡住了他们的去路。

"莫桀,你们不能走。"

"谁要阻拦我?"

"我。"

"勇敢的家伙。"冰冷的声音回应道,仍是从空气中某个地方传来,这个驼背迈脚想从旁边绕过。

高文伸出他那指背上有着金色毛发的红手,一把将他推了回去。与此同时,阿格莱瓦也伸出了他那有着肥硕手指的白手,摸向自己的剑柄。

"别动,高文,我有剑。"

"你当然有剑。"加雷恩哭喊道,"你这恶魔!"

这位弟弟意识到自己的生活突然陷入了一种模式当中。他们那被谋杀的母亲,那只独角兽,正欲拔剑的这位男子,在储藏室里让匕首发出闪光的那个男孩[①]——所有这些让他哭了出来。

"好吧,加雷恩,"阿格莱瓦咆哮道,脸如白纸,"我知道你的意思,现在我要拔剑了。"

事态已经失控了——他们开始变得像木偶般机械,就好像

[①] 详见"永恒之王"系列第二部《空暗女王》。

这事在以前就发生——的确发生过。高文一见到剑，立刻不顾一切地狂怒起来。他撇下莫桀，嘴里喷出一连串的字眼儿，拔出他那把一直带在身边的猎刀，扑向阿格莱瓦——所有这些动作一气呵成。那个肥胖男人似乎被他哥哥的暴怒所卷袭，只能采取守势，禁不住向后退却，用颤抖的手把剑举在身前。

"当然，"高文咆哮道，"你知道他是什么意思，我漂亮的屠夫。你可以对你的兄弟拔剑，因为你曾经谋杀过手无寸铁的人。我用丧衣诅咒你！把你的剑举起来，老弟！举起来！你想干什么？难道杀死我们的母亲还不够？去你的，要么就放下剑，要么就拿出勇气来打。阿格莱瓦……"

莫桀此刻手按匕首，从他背后一点点逼近。很快，匕首的光芒就在阴影里闪现，反射在那只雕枭的眼睛中，与此同时，加雷恩跳上前去制止他。他抓住莫桀的手腕，哭喊到：

"够了！加荷里斯，你看住他们几个。"

"阿格莱瓦，把剑放下来！高文，让让他吧。"

"走开，老弟！让我教训一下这只猎狗。"

"阿格莱瓦，快把剑放下，要不他会杀了你。快，老哥。别犯傻，高文，让让他吧。他不是那个意思，高文！阿格莱瓦！"

但阿格莱瓦还是朝他们的一家之长刺出了无力的一剑，高文轻蔑地用他的猎刀拨开。此刻，这个高大的两鬓为雪貂色的老家伙急冲上前，拦腰将他按住。阿格莱瓦向后倒在放希波克拉斯酒的桌子上，手中的剑当啷一声掉在地板上，高文压在他上面，他的猎刀恶毒地举在空中，正欲刺下去，但加荷里斯从后面抓住了它。场面陷入了戏剧般的沉寂，所有人都一动不动——加雷恩抓着莫桀；阿格莱瓦用他那只空闲的手遮着眼睛，躲避着猎刀；而加荷里斯抓着那只定在空中的复仇之手。

就在这个难分难解的时刻，回廊的门第二次被打开了。彬彬有礼的侍从一如往常地用他那毫无感情的声音通报道：

"国王陛下驾到！"

所有人都如释重负。他们急忙放开他们所抓着的东西，开始动起来。阿格莱瓦喘着气站起来。高文转身背着他，用一只手摸了摸脸。

"我的上帝！"他咕哝道，"真希望我没有这种病态的痛苦。"

国王已经站在门口了。

他走了进来，这个平静的老人长久以来竭尽所能想把事情做到最好，他看上去明显比他的实际年龄要老。他那尊贵的眼睛一下子就看清楚了当前的事态。他穿过回廊轻轻吻了吻莫桀，微笑着看着他们。

第三章

兰斯洛特和桂妮薇正坐在太阳窗边。一个只从丁尼生[①]和此类人那里了解亚瑟传奇故事的当代评论家会很震惊地发现，这对著名的情人其实早已过了他们的风华时代。而我们这些把对爱情的理解建立在罗密欧与朱丽叶式的少男少女传统浪漫爱情故事之上的人，如果能回到中世纪，也会惊讶不已。当时，推崇骑士精神的诗人会这么描写他们心目中的男子汉：

"上敬上帝，下敬女神[②]。"那时候，青少年不是他们发展恋人的对象——他们是历经世事的人，对自己洞察明了。在那个时代，人们终其一生相爱，没有离婚法庭和心理医生这类的帮助。他们在天有上帝，在地有女神，而且，既然这些全身心爱着他们女神的人必须对他们所爱的人存有某种敬畏之心，所以他们既不会以短暂的肉体作为单一的选择标准，也不会因为肉体开始衰败就轻易放弃。

兰斯洛特和桂妮薇正坐在高耸的城堡主塔的窗边，亚瑟的英格兰在他们下方绵延，沐浴在地平线上的夕阳余晖中。

这是中世纪时代的格美利，有些人习惯于将其称为"黑

[①] 丁尼生（Alfred Tennyson，1809年8月6日~1892年10月6日），是华兹华斯之后的英国桂冠诗人，也是英国著名的诗人之一。著有根据中世纪亚瑟王传奇写成的大型叙事组诗《国王的叙事诗》。
[②] 原文为en ciel un dieu, par terre une deesse。

暗时代",而且是亚瑟造就了它。但这位年老的国王当初登基时,英格兰就已经是贵族割据,饥荒频发,战事不断。它是一个实行神判法①的国家,有火红的烙铁、传统的英格兰法律和没有歌词的悲歌《罗德兰沼泽》②。那时候,在外国船只所能及的海岸,一只动物一棵果树都不会幸存;那时候,在沼泽和广袤的森林里,最后的撒克逊人与征服者尤瑟的残暴统治作殊死的抗争;那时候,"诺曼人"和"贵族"与现代词"大人"是同义词;那时候,李威林·格里菲斯③头戴象牙王冠,在伦敦塔密集的尖刺上腐朽。那时候,你会在路边碰到乞丐和左手拿着右手的残疾人,还有小跑着跟在他们身后的猎犬,它们也已伤残——被取掉了一个脚趾,这样它们就不能在地主老爷的林地里打猎。亚瑟初来的时候,全国上下的人们就像是受到了围攻似的,已习惯于每晚把自己关在木屋,在黑暗中向上帝祈求安宁。一家之长重复着在海上遇到风暴时所用的祷词,当以"上帝保佑我们和帮助我们"的结语收尾时,其他在场的所有人齐声以"阿门"回应。在早期贵族的城堡里,你会发现被开膛破肚的穷人——他们的肠子在他们身前被火烧;有人的身体被刀切开,只为了验明他吞了他们的金子;有人被带凹槽的铁块堵住嘴巴;有人被头朝下吊起来,头被熏在烟中;还有人被丢进蛇坑,或头上被缠上皮质的止血带,或被塞进填满石头的箱子,被挤碎骨骸。你只需读读那个时代的文学作品,比如围绕金雀花王朝④、卡佩王朝⑤等虚构出来的家族,你便

---

① 神判法(trial by ordeal),中世纪的裁判法,被告受赤足蹈火、手浸沸水等考验,如不受伤则被认为是上帝的旨意,可被判无罪。
② 《罗德兰沼泽》(Morfa-Rhuddlan),一首古老的悲歌。795年在罗德兰沼泽之战中,威尔士人惨败于撒克逊人。
③ 李威林·格里菲斯(Llewellyn ap Griffith),在威尔士被英格兰的爱德华一世征服之前,是威尔士的末代君主。
④ 金雀花王朝(Plantagenets,1154~1485,也称"安茹王朝"),英格兰中世纪最强大的王朝。
⑤ 卡佩王朝(Capets,987~1328)法国封建王朝。

能了解那片土地上的情景。像约翰这种传说中的国王，已经习惯于在晚餐前先吊死二十八个人质；或者像菲利普，他用"长矛武士团"作为护卫，他们是一群用长矛保护自己老爷的暴戾骑兵；或者像路易斯，他在断头台上砍下敌人的脑袋时，会强迫敌人的孩子站在流满鲜血的断头台下。这些都是克罗伊兰的英古夫①经常给我们讲述的故事，直到后来被发现他这些故事都是伪造的。那时候有外号为"剥皮恶棍"的一帮大主教，他们把教堂作为要塞——在墓园的尸骨间挖掘战壕，为想洗清罪恶的杀人犯开出价目表；被逐出教会的人的尸体难以入土为安，饥饿的农民吃草根树皮——甚至人吃人（有一个人吃了四十八个人）。他们一方面烧死异教徒——有一天烧死了四十五个圣殿骑士②。另一方面用弩炮将俘虏的头颅投入他们所围困的城堡。这里，一个扎克雷起义③的领导人戴着镣铐正在翻滚，因为他头上被戴了一个烧红的三脚架；一个教皇正在抱怨不停，因为他被抓为人质，勒索赎金；另一个教皇则正在地上扭动，因为他被下了毒。财产被铸成金条，筑进城堡的墙里，建筑人员随后便被处死。在巴黎街道上玩耍的小孩子摆弄着治安官的尸体，而其他人——他们中间有老人和妇女，则在被围困的市镇的墙外挨饿，围城者对此视而

---

① 克罗伊兰的英古夫（Ingulf of Croyland），著有《克罗伊兰编年史》，虽然不总是很可靠，但是是了解中世纪历史的一部重要著作。
② 圣殿骑士团（Templars，亦叫"圣堂武士"），约在十二世纪早期成立。十字军占领圣城耶路撒冷后，为了保护到圣城的朝圣者免遭强盗袭击，九位法国骑士决定以武力保护上帝的子民。这是"圣殿武士团"的兴起。后来，在被教皇确认合法地位和给以诸多特权之后，迅速壮大。到了十四世纪早期，圣殿骑士团拥有的大量财富勾起了法国皇帝菲利普四世的欲望，于是他联合当时的罗马教廷，开始对圣殿骑士团进行清洗。1307年，圣殿骑士团被宣布为非法组织，其财产大部分被没收，成员则大多被抓捕。从此，圣殿骑士团不复存在。
③ 扎克雷起义（Jacquerie），1358年法国的一次反封建农民起义，是中古时代西欧各国较大的农民起义之一。

不见。胡斯①和杰罗姆②，头戴代表叛教的礼冠，在火刑柱上全身着火，嘶嘶燃烧。吉尔·德·莱斯③的城堡中被发现有不少于一吨重的烧焦的小孩尸骨，在此之前，他九年来每年都要杀害二百四十名儿童。贝里公爵④只因为对在一次战斗中战死的八百名步兵表示了难过便变得不受人欢迎，失去了他的王国。年轻的圣波尔伯爵⑤在被教导战争之术时，会为他提供二十名活的囚犯，供他练习使用不同的方法杀死他们。另一位虚构的国王路易十一，会将他不喜欢的主教关进异常名贵的笼子里。罗伯特公爵⑥被他手下的贵族称为"伟人"，但却被他教区的居民称为"恶魔"。

在亚瑟到来之前，在一个村庄里一个星期之内有十四人被狼吃掉；三分之一的人口死于黑死病⑦；人们的尸体"像培根一样"被装袋埋入坑内；他们这些普通人在晚上只能以森林、沼泽和山洞作为自己的避难所；在七十年的时间里，有记载的就有四十八次饥荒。这些人寄希望于那些被称为"天地之主"的封建贵族，但还是要被主教们拿着棍棒痛打（教会被禁止杀人），他们只能高声哭喊着说上帝和他的圣徒们

---

① 胡斯（Jan Hus，1369~1415），宗教改革先驱，反对天主教会及德意志帝国对捷克的控制，反对教会占有土地，反对教皇兜售赎罪券，抨击教士的奢侈堕落。1415年因异端罪名被处死。由此激起捷克人民的极大义愤，引起了胡斯战争的爆发。他的许多言论，为后来的新教所接受。对整个欧洲各国和马丁·路德产生了重要影响。
② 杰罗姆（Jerome），胡斯的学生和追随者，跟胡斯一样被烧死。
③ 吉尔·德·莱斯（Giles de Retz，1404~1440），英法百年战争时期的法国元帅，著名的黑巫术师，百年战争时期他是圣女贞德的战友，曾被誉为民族英雄。贞德被俘以后，他退隐埋头研究炼金术，希望借血来发现点金术的秘密，他把大约超过300名的儿童折磨致死，后来被施以火刑。
④ 贝里公爵（Duke of Berry，1340~1416），法国国王约翰二世的第三子，当时的头号艺术赞助人。一生赞助艺术，不惜重金收藏珍品。
⑤ 圣波尔伯爵（count of St. Pol），法国伯爵，参加过十字军东征。
⑥ 罗伯特公爵（Duke Robert），诺曼底公爵，参加过十字军东征。
⑦ 黑死病（Black Death）是人类历史上最严重的瘟疫之一。起源于亚洲西南部，一说起源于黑海城市卡法，约在1340年代散布到整个欧洲，而"黑死病"是当时欧洲的叫法。这场瘟疫在全世界造成了大约7500万人死亡，根据估计，瘟疫爆发期间的中世纪欧洲约有占人口总数30%的人死于黑死病。

The Candle in the Wind

一定是睡着了。

"为什么……"这些贫困的可怜人吟唱着他们的痛苦:

"为什么如此残害我们?
我们可一样是人。"①

这便是亚瑟所继承的令人触目惊心的现代文明。但他并不是这对情人眼前所见的文明。在苹果绿的夕阳光辉中,传说中的中世纪,可爱的英格兰就在他们面前展开,并不是那么黑暗。兰斯洛特和桂妮薇正凝视着这个注重个人的时代。

骑士的时代是那么令人着迷!每个人都是他们本质上的自己,毫无顾忌地忙着实现人性中的奇异可能。在他们窗户前绵延开去的景色是如此的绝美,超乎意料的人和事是如此的汪洋肆意,让人几乎不知该从何描述起。

黑暗的中世纪!十九世纪给它强加了这样的一个标志。而在这里,在亚瑟的格美利的这扇窗户下,阳光炽热地照射在修道院数以百计的彩绘玻璃上,发出珍珠般的光芒,或者舞动在教堂和城堡的尖塔上,而这些建筑物连他们的建筑师都珍爱有加。在他们那个时代,建筑那么能让人喷发出心中的激情,以至于男人们喜欢为他们的要塞取个昵称。兰斯洛特的"快乐园"②在那个将投石机命名为"美丽"或"愉快"的时代并不稀奇。在那个时代,甚至像虚构的狮心王理查这样饱受疖子之苦的笨人都能将自己的城堡命名为"高兴",而且还说它是"我美丽的一岁女儿"。甚至传说中的恶棍征服者威廉

---

① 原文为Pourquoi nous laisser faire dommage? Nous sommes hommes comme Us sont。
② 快乐园(Joyous Gard),兰斯洛特城堡的名字,原来叫"悲情园"(Dolorous Gard),兰斯洛特作了改名。

也有另一个绰号"伟大的建筑师"。单想想那些用五种绚烂色彩染透的玻璃，它们比我们如今使用的更厚更粗糙，用小片玻璃拼成。他们对它的狂热一点儿不亚于城堡，维拉尔·德·奥内库尔①曾在旅途中惊讶于一个漂亮的样本，便停下来画画，他的解释是："我画这扇窗户的时候，想必是应了某种召唤来到匈牙利的土地上，因为它是所有窗户中最让我感到欣喜的一个。"想象一下这些古老教堂的内部，它们并不是我们习惯于认为的灰色的，而是流光溢彩，绘满了壁画，画中的所有人物都踮着脚尖，挂毯和来自巴格达的织锦在其间轻摇飘动。再想象一下从桂妮薇那扇窗户能看到的那些城堡的内部，它们已不再像亚瑟刚即位时那般阴森可怖了，如今它们里面摆满了家具，这些家具不再出自普通木匠之手，而全由能工巧匠制作。现在，在它们无门的墙上，柔软的阿拉斯②挂毯正微微波动，还有像圣德尼③长矛比武这样的挂毯，虽然这些挂毯覆盖了四百多平方米，但却是在不到三年的时间内编织而成，这足以显示出他们的创作激情。即便在今日，如果你深入地去探究这些荒堡，有时候还能发现当年挂这些闪耀挂毯的挂钩。同时也要记住那些洛林④金匠，是他们将圣祠建成小教堂的形状，里面侧廊、雕像和耳堂一应俱全，就像一个玩具小房；要记住里摩日的搪瓷匠人，内填珐琅工艺，德国的象牙雕刻师和爱尔兰金属内嵌石榴石工艺。最后，如果你要想象我们著名的黑暗的中世纪艺术创造的喷发激情，那你必须先摒弃掉书写文化

---

① 维拉尔·德·奥内库尔（Villars de Honnecourt），十三世纪的法国建筑师，以流传下来的三十三张羊皮纸文稿知名，其中包含了约二百五十张图纸。
② 阿拉斯（法语：Arras），法国北部城市，加来海峡省首府。曾是世界有名的壁毯产地。
③ 圣德尼（St. Denis）是巴黎距离巴黎市中心九公里的一个城市，是法兰西岛大区塞纳-圣德尼省首府。在这个法国中世纪艺术成果的"博物馆"，散布了法国北部雄伟的大教堂，见证了哥特式建筑的兴盛历史。
④ 洛林（Lorraine），法国东北部大区。

是在君士坦丁堡陷落后才传入欧洲的这样的观点①。在那个时候，每个国家中的每个教牧人员都是文化人士——这是他们的职业。"每一个写下的字，"一个中世纪的修道院院长如此写道，"都是划在魔鬼身上的一道伤口。"早在十世纪，圣皮克尔图书馆②的藏书就有二百五十六卷，其中包含了维吉尔③，西塞罗④，特伦斯和马克罗比斯⑤的著作。查理五世的藏书逾九百一十卷，也就是说与今日的"大众文库"⑥规模相当。

最后，让我们看看这扇窗户下的人们自己——这是一个奇异的闪闪发光的混合体，他们认为自己不单拥有身体，还拥有所谓的灵魂，而且以最超乎人意料的方式去践行这一点。在西尔维斯特，一个著名的魔法师虽然因为发明挂钟落下了极坏的恶名，但还是第二次登上了教皇的王座。一个传说中的法国国王罗伯特不幸被逐出了教会，结果发现自己在家务事的安排上也碰上了麻烦，因为仅有的两个可以被规劝为他做饭的仆人坚持要在饭后把炖菜锅烧掉。一位坎特伯雷大主教在一怒之下把圣保罗教堂的所有受俸牧师都驱逐出了教会，而后冲进圣巴塞洛缪修道院，在礼拜进行到一半时击倒修道院的副院长，引起一阵极大的骚乱，以至于他自己的礼服在混乱中被扯

---

① 君士坦丁堡的陷落（fall of Constantinople）是奥斯曼帝国于苏丹穆罕默德二世领导之下对拜占庭帝国首都君士坦丁堡所作的一次征服，发生于1453年5月29日星期二。一般认为，君士坦丁堡的陷落，使东罗马帝国的许多希腊学者逃往西欧，把希腊—罗马传统的知识及书籍传播到当地，成为推动欧洲文艺复兴的重要因素。
② 圣皮克尔（St. Piquier，同Saint-Riquier），法国北部市镇，以圣皮克尔修道院知名。
③ 维吉尔（Virgil，公元前70年～公元前19年），罗马最伟大的诗人。
④ 西塞罗（Cicero，公园前106年～公元前43年），罗马共和国晚期的哲学家、政治家、雄辩家，被广泛地认为是古罗马最好的演说家和最好的散文作家之一。
⑤ 特伦斯（Terence），古罗马剧作家；马克罗比斯（Macrobius），活跃于五世纪早期罗马帝国的作家。
⑥ 大众文库（Everyman Library），兰登书屋从1906年开始出版的再印经典著作丛书。

了下来，露出了下面的护甲，最后他不得不乘船逃到兰贝斯去。安茹伯爵夫人总是在大家都在默祷的时候消失在窗户外。特洛·德·沙莱诺夫人用她的耳朵当手帕用，让她的眉毛像银链一样垂在肩后。在传说中的爱德华一世治下，有一位巴斯的主教在经过大家一段时间的考虑后被认为不适合担任大主教之职，因为他有太多的私生子——不是少数几个，而是多得不得了。不过这位主教与亨尼博格伯爵夫人相比还是会相形见绌，她曾一次突然分娩产下了三百六十五个孩子。

这是一个丰盈的时代，一个以饱满精神事事都要试上一番的时代。或许是亚瑟把这个思想带给了基督教世界，因为在梅林的教导下，他所受的教育无比的丰富多彩。

这位国王是骑士制度的守护圣徒，至少这是马洛礼[①]对他的诠释。他并不是那种在五世纪时穿着正服或靛蓝色战服蹦蹦跳跳的苦恼不已的大不列颠人，也不是那种让晚年的马洛礼深受折磨的波兰暴发户新富。身为国王，亚瑟是骑士精神的心脏，而骑士精神或许在我们这位古物研究家坐着开始写作的两百年之前就已尽显风华。他是中世纪时代一切美好事物的象征，而他一手创造了这一切。

正如马洛礼所描绘的那样，英格兰的亚瑟是这段在历史书中被误传的文明的捍卫者。那时候，骑士的农奴并不是没有希望的奴隶。恰恰相反，他们至少拥有三种合法的晋升途径，其中最伟大的当属天主教会。在亚瑟所实施政策的助力下，教会——至今向文化人士免费的团体中仍是最伟大的——成了向最底层奴隶开放的高速通道。阿德里安四世[①]本是撒克逊

[①] 马洛礼（Sir Thomas Malory, 1395~1471?），英国作家，一生中最有名的著作为史诗式传奇《亚瑟王之死》，书中全面收录了亚瑟王圆桌骑士们的传奇故事和追寻圣杯的英雄壮举。后世普遍认同此书为最完整地描述亚瑟王传奇的文学作品。

农民，格雷戈里七世②是木匠之子。在他们生活的那个受人蔑视的黑暗时代，只要勤于学习，你就有可能成为世界上最伟大之人。还有人认为，亚瑟的文明世界根本根本无法与我们著名的科学文明相比，这是错误的观点。虽然那个时候的科学家恰巧被称为魔法师，但他们的发明几乎与我们的一样令人震惊，只不过是在长期的使用中，我们已经变得对它们习以为常。最伟大的魔法师，像艾尔伯图斯·麦格努斯③、培根修士④和雷蒙德·卢利⑤，就了解一些我们今天已失传的秘密，他们发现的一项副产品至今仍是我们这个文明世界的主要物品，它就是火药。那个时候的人们因博学而受人尊敬，大阿尔伯特就被推选为主教。还有一个叫巴普蒂斯塔·波特⑥的人好像发明了电影——不过他很明智地决定不作更深的研究。

至于飞行器，早在十世纪，一个叫埃塞尔马尔的修士就做过试验，要不是在调节尾翼时候出了事故，他可能就获得了成功。他的坠毁"归因于"——马姆斯伯里的威廉⑦如此说道，"忘了后面的部分"⑧。

甚至在现代性方面，黑暗时代也没那么落后于我们。

---

① 阿德里安四世（Adrian IV），历史上唯一的英格兰籍教皇(1154~1159年在位)。由于在斯堪的纳维亚成功地传教而当选为教皇。
② 格雷戈里七世（Gregory VII，约1020~1085年），于1073年4月22日被选为教宗并领此职到他逝世。
③ 艾尔伯图斯·麦格努斯（Albertus Magnus，约1200~1280年），俗称大阿尔伯特。德国理论家、主教、科学家。博学多才，被誉为"百科学博士"。研究并注释了亚里士多德的全部著作，力图把亚里士多德主义与基督教教义相结合，并努力把自然科学的研究纳入基督教教义范畴。
④ 培根修士，即罗吉尔·培根（Roger Bacon，1214~1294），英国方济各会的修士、哲学家、炼金术士。他学识渊博，著作涉及当时所知的各门类知识，并对阿拉伯世界的科学进展十分熟悉。
⑤ 雷蒙德·卢利（Raymond Lully），一位十三世纪的著名哲学家，方济会教徒，他从事了很多超越时代的研究工作（例如预见了电学发展，从事计算理论研究，并对莱布尼兹造成了很大的影响）。
⑥ 巴普蒂斯塔·波特（Baptista Porta），中世纪魔法师。
⑦ 马姆斯伯里的威廉（William of Malmesbury，约1080年/1095年~约1143年），十二世纪英国历史学家，拉丁文体作家。
⑧ 原文为拉丁语caudam in posteriori parte oblitus fuerat adaptare。

至少他们给他们的烈性鸡尾酒起了几个很出彩的名字："胀帽""疯狗""无赖父亲""天使的食物""龙奶""碰壁""跨步"，以及"抬腿"。

　　从窗户看出去的景色令人愉悦，不过有的地方也会比较奇特。今天我们用树篱围起场地和建起公园的地方，他们却任其为村落、荒野、沼泽和广袤的森林。舍伍德森林从诺丁汉一直延伸到约克郡的中部，绵延数百英里。这座岛上到处是一派繁忙的景象——养蜜蜂，驱赶白嘴鸦，赶牛犁地；要了解这些，你一定得去看看《鲁特瑞尔诗篇》^①，里面对此类图景有极美的描画。在那个时代，如果你对奇异的事物有兴趣，或许会很幸运地看到一个全副铠甲的骑士从窗户外骑马走过，你会注意到他的头，因为他头上沿着耳朵和后面的头发已全部剃掉，但头顶的头发却像日本玩偶一样高高隆起，所以他的头骨看上去就像是一长条农家面包。这种发式对他的头盔来说成了绝佳的减震器。第二个经过的人可能是个教堂执事，可能还骑着一匹正在溜步的马，他的发式与刚才那位正好相反——头顶上光秃秃的一片，这是因为他已受过削发仪式。如果他要去主教那里当一个教堂执事，他首先必须要备上一把剪刀。接下来，如果你想看到有一些奇特的人经过，那你可能会看到一个发誓要解救上帝坟墓的十字军战士。不消说，你肯定期望他外衣上会有十字架，但你可能并未意识到，他对他所从事的事情是如此的狂热，以至于他所有能挂东西的地方，都挂满了这样的标志。就像一个新来的童子军那般欣喜若狂，他把十字架挂在他饰有纹章的盾牌上、外衣上、头盔上、马镫上甚至勒马绳上。下一个在窗外

---

① 《鲁特瑞尔诗篇（Lutterell Psalter）》，十四世纪传下来的手稿，里面的图片描绘了当时中世纪的日常生活。

经过的可能会是一个西多会①的俗人修士②，从他的衣着来看，你可能会预想他是个博学之士。但你错了，赋予他的职权决定了他只能是个文盲。他的职责是在教皇的诏令上压上铅印，而为了使教皇的秘密不外泄，他们首先得确保他不识字。此刻来的可能是一个蓄着胡子的撒克逊人，他戴着类似弗里吉亚便帽③的帽子，以此来彰显自己的反抗精神；接下来可能是一个从北方边境地区来的骑士。后者靠夜晚打劫为生，所以他天蓝色的衣服上镶上了一轮月亮和点点繁星。也可能会有几缕青烟出现在这景色里，它们从一个炼金术士的风箱里飘出来，他可谓是最聪明的人了，正在试着将铅炼成金子——虽然我们今天通过原子聚变离这一技术更近了一些，但它仍然是我们遥不可及的。在远处，在一个修道院的周围，你可能会看到一队怒气冲冲的僧侣正光着脚绕着他们的修道院行走——不过他们肯定是一边顶着太阳走，一边诅咒，因为他们与院长闹翻了。如果你朝这个方向看过去，或许会看到一个用骨头作围栏的葡萄园——在亚瑟初即位的时候，骨头被发现是很好的围栏，不管是葡萄园还是墓园，甚至是堡垒；而如果你朝另一个方向看，或许你会看到一座城堡的大门，它看上去就像一个城堡主人所设的绞刑架，上面钉满了狼、熊、牡鹿等动物的头颅。在远处靠左的地方，或许一场根据杰弗里·德·普雷利所定规则进行的马上长枪比武正在上演。纹章官①们会仔细地检查参加比赛的战士，确定

---

① 西多会（Cistercian），又译西都会，天主教隐修会。1098年由法国人罗贝尔始建于法国勃艮第戎地区第戎附近的西多旷野。因会服为白色，又称白衣修士。该会主张全守本笃会严规，推行静默、祈祷、垦荒等隐修制度。
② 俗人修士（lay-brother），未受神职、在修道院干勤杂工的俗人修士。
③ 弗里吉亚无边便帽（Phrygian cap）又称自由之帽，是一种与头部紧密贴合的圆锥形的软帽，其帽尖向前弯曲，典型的颜色是红色。有"自由"的象征之意。有趣的是，卡通画中的《蓝精灵》（Schtroumpf）也戴着弗里吉亚帽。

他们没有把自己固定在马鞍上,一如今天我们拳击比赛时裁判所做的那样。在传说中的爱德华三世治下,裁判在一个叫索尔斯伯里伯爵的人和一个叫索尔斯伯里主教的人进行比武决斗时发现,在获胜的主教的盔甲下面到处缝满了祷词和咒语——这几乎与拳击手在手套里藏了一个马蹄铁一样性质严重。在窗台下,一队患上便秘的罗马教廷大使正心情阴郁地骑马返回罗马。他们本受教皇委派,带着他的诏令去将巴纳巴斯·威斯康迪逐出教会,但迎接他们的却是巴纳巴斯让他们把诏书吃了下去——羊皮纸,绶带,铅印,一个不剩。紧随他们其后大步走来的可能是一个专业朝圣者,他挂着一根有节的粗短手杖,像登山杖一样用铁皮包头,整个手杖上面沉甸甸地挂满了祝福奖章,圣物,贝壳,带有耶稣圣容的手帕②等此类的东西。他会自称是一个游方僧,而且如果他游历广泛,那他的圣物里会包括一根加百利天使③的羽毛,一些炙烤圣劳伦斯④时留下的木炭,一根圣灵⑤的"完好如初"的手指,一个装有圣

---

① 纹章官(King-at-arms),早在十二世纪就有纹章官出现。最初,纹章官类似依附于贵族之奴仆,地位相当于魔术师及吟游诗人。后来被当成比武会上的司仪,宣布比武项目及骑士名单。为识别骑士,必须对盾牌上之盾纹有所了解及认识,因而产生了纹章艺术的知识和技能。十三世纪时,纹章官的工作是处理贵族事务。到了十四世纪,纹章官之权力有所扩大。十五世纪初,最高纹章官(Kings of Arms)已能授命给低级贵族颁赠封号。
② 带有耶稣圣容的手帕(vernicle),传说耶稣背负十字架走向刑场途中,圣女维罗尼卡曾以手帕为耶稣擦汗,圣容遂留于该手帕上。
③ 加百利天使(Angel Gabriel),加百列为守护伊甸园的智天使们的领导者,以防止撒旦的入侵。加百列身负六只羽翼。其在犹太教和基督教中俱为与生命过程相关的天使,如受胎报知、复活、慈悲、启示乃至于死等。
④ 圣劳伦斯(St.Lawrence),古罗马时期的殉道者。当时的暴君知道劳伦斯不仅是负责圣餐的牧师,也是分管教会钱财的人,要求他交出教会的财产。劳伦斯要求三天的期限,然后他召集了大批穷苦的基督徒。三天后,迫害者又来逼他讲出教会的财产在何地,勇敢的劳伦斯将两臂伸向贫穷的基督徒:"他们就是教会的财宝。这是真财宝,因为基督的信心在他们里面作王,基督在他们里面找到的居所。基督按着他们的应许住在他们里面了,有什么珍宝比这些人更宝贵呢?……"又说:"我们的主基督拥有的财宝,有什么能比这些穷信徒更宝贝呢?主乐意在他们身上彰显他的荣美。"随后暴君用火烧死了他。
⑤ 圣灵(Holy Ghost),圣灵(天主教译为圣神)是传统基督教所信三位一体神中的一个位格,其他两个位格分别是圣父与圣子。

米迦勒①与恶魔战斗时所流汗水的瓶子，几枝"上帝对摩西说话时所在的灌木"，一件圣彼得的背心和一些保存在沃星汉姆②的圣母玛利亚的乳汁。在这位朝圣者后面，可能潜行着一位属于那种"昼伏夜出，大吃海喝，一无所有"的阴险之徒。他可能是个强盗，对于此类人，他们这样写道：

对于强盗，逮来绑上，这便是法律；
不带怜悯，吊死后蜜蜂围绕，随风飘荡。

但在他随风飘荡的最后时刻之前，他一直过得自由自在的。他的伴侣坚定地守在他身边与他共进退；要捉拿她，也须付出赏金——在她落草为寇之前，她就剃掉了头发，背上了强盗的名声。她不时地回头，对捉拿他们的喊叫声高度警觉。

这里可能会来一个贵族，他小心翼翼地将一块热馅饼拿在身前，因为每年他都得将这样的馅饼带到国王的面前，以便亚瑟王能闻上一闻，作为他所缴封建税费的一种象征。那里可能会来另一个贵族，他正全速地追赶在一些飞龙之类的东西后面，他可能会猛地从马上摔下，而他的马却慢跑着离他而去。不过，如果他果真从马上摔下，那他的侍从会立即把他扶到自己的马上——就如今天我们对狩猎专家做的那样，因为这是封建法律的规定。在遥远的北方，在落日的余晖中，某个女巫的山间小屋可能突然冒出灯光，她不仅会为她不喜欢的人制作蜡像，还会在将针扎入蜡像之前给它们施洗礼——这样才会有效。顺便提一下，在她的僧侣朋友中，曾有一个去见过"小主人"，他可能愿意为任何你想对付的人唱安魂曲，而且当他

---

① 圣米迦勒（St. Michael），《圣经》提到的一个天使的名字，《启示录》叙述他跟魔鬼及其手下的邪灵争战。
② 沃星汉姆（Walsingham），英国诺福克郡的一个城市。

唱到"主人，让他永远地安息吧"，虽然那个人还活着，但这却是他的真心实意。在同样遥远的西方，在同一个夕阳下，你可能会看到尤金朗德·德·马里尼①，他在蒙佛②建起了巨大的绞刑架，而自己最后却腐烂在同一个绞刑架上，在风中叮当作响，因为他被控犯有使用"黑魔法"的罪行。贝里公爵和布里塔尼这两个体面的人可能正沿着道路小跑而来，他们身上穿着仿效铁甲的绸缎胸甲。这两人不愿平白无故地利用铠甲的优势，而且由于发现绸缎穿起来很凉爽，所以他们决定变得普通一点和勇敢一点。兰斯洛特可能也做过类似的事情。就在他们头顶的上坡处（他们并未意识到），可能坐着快乐的瓦特，在他身旁放着的是他的柏油盒子。他是格美利最典型的人物，他的柏油被他用作羊的防腐剂。如果你对他说，"不要为船浪费柏油时"，他会立即表示赞同——因为这句格言就是由他发明的，只不过我们将羊翻译成了船③。

在更为遥远的地方，或许一个破产的人正在莫斯科的市场里乱摔乱打——这并非是他自己在惩罚自己，而只是出于一种热切期望——只要他喊得足够响，在围观的人群中，他的朋友或者亲戚会出于同情而为他偿还债务。继续向南在往地中海盆地的方向，你会看见一个海员正在因赌博受罚，惩罚的依据是狮心王查理的法律，惩罚措施是把他从船的主桅杆上扔到海里三次，他的同事会在他肚子先碰到水的时候大声欢呼。第三种新颖独特的惩罚很可能就发生在你眼皮底下的市场上。一个卖劣质酒的酒贩被绑起来游街示众，他先被灌了过量的自己的酒，然后剩下的又被泼到了他的头上。第二天早上头肯定痛死

---

① 尤金朗德·德·马里尼（Enguerrand de Marigny，1260~1315），法王菲利普四世的重臣，后因"巫术"的指控被绞死。
② 蒙佛（Mountfalcon，应作Montfaucon），巴黎郊外的一个地方，主要用来处决犯人。
③ Sheep同ship读音极其相似，所以才会将羊译成船。

了!在同一个方向,你可能会看到俏丽的爱丽桑,她在别人给了她那个乔叟所说的不寻常的吻之后笑道"嘿嘻"①,如果你恰巧是个心胸开阔的人,看到此情此景,也一定会被逗乐的。还是这个方向,你可能会注意到恼怒的磨坊主和他的家人,他们正在试着将因昨天晚上移动摇篮引发的一连串错综复杂的事情捋清楚,就像管家在他的故事里说的那样②。一个男学生采取主动,很幸运地用一门新式大炮射死了索尔斯伯里伯爵,如此一来,在他就读的那所修道院学校的操场上,他很可能被他的同学视为偶像。而运动场边上的李子树的花瓣此时可能正在暮光中凋落,这些李子树跟梅林的桑树一样,都是新近才被引进的。另一个小男孩儿,这次是一个四岁的苏格兰国王,可能正伤心地给他的奶奶签发一份皇家委任状,这份委任状允许她揍他的屁股而不会背上叛国罪的罪名。一支声名狼藉的军队,过去曾以剑为生,训练有素,现在却可能正挨家挨户地为一块面包而乞讨——所有军队的结局都应该是这样的;在东面,一个人正躲在教堂里避难,他若是跨出门半步,腿可能立刻就会被砍断。在同一个教堂,这里可能成堆地聚集着铁匠、窃贼、杀人犯和欠债的人,他们有的在谋划着离开,有的则在为晚上外出而磨着刀,只要待在这个平静而隐蔽的教堂里,他们就不会被逮捕。而一旦他们离开这个庇护所,最坏的结局便是被流放。要真是那样,他们就得走着去多佛③,一路上除了必须都走在路中央,还得抓紧手中的十字架——如果他们有片刻的松手,你就有权打他们;而等他们到了多佛,如果一时半会儿无法弄到船只,那他们就得每天下海,让水淹到自己的脖子,以此来证明他们确实是在努力尝试着渡过海峡。

---

① 参见乔叟《坎特伯雷故事集》里《磨坊主的故事》。
② 参见乔叟《坎特伯雷故事集》里《管家的故事》。
③ 多佛(Dover),英国东南部港口城市。

你是否知道，在这个从桂妮薇的窗户可见的黑暗时代里，还是有很多的行为准则？就是在那个时代，天主教会可以将和平加诸在任何战事之上——他们称之为"上帝的休战"[①]，并可以从星期二一直延续到星期一，在整个降临节[②]和大斋节[③]期间也同样如此。你是否认为，我们这个有战争、封锁线、流行性感冒和征兵制的时代就一定比他们那个有战争、饥荒、黑死病和农奴的时代更加文明？即便他们是足够愚蠢，将地球视作宇宙的中心，但我们不也将人类视作是天地万物的灵长？如果鱼类要花上一百万年的时间来进化成爬行类动物，那我们人类是否已在几百年里的时间里变得面貌一新？

[①] 上帝的休战（Truce of God），公元990年，罗马教廷颁布了所谓"上帝的和平"（Peace of God）的教令来制止封建主之间私下的战争和禁止对教堂、神职人员、香客、商旅、妇女、农民、孩子、耕牛和农业设施使用暴力。不久，教廷又颁布了称之为"上帝的休战"（Truce of God）的教令，禁止在所有宗教节日期间和末(从星期六晚上到星期一中午)发动战争或进行打斗。1042年，教廷把"休战"期大幅度延长，除宗教节日外，每星期从周三晚上到周一早上也为休战期。在十一和十二世纪，教廷反复重申这条教令，并在1095年规定，所有十二岁以上的男子，从贵族到农奴，每三年都必须宣誓遵循"上帝的休战"令。
[②] 降临节（Advent），迎接耶稣的诞生和他将来的复临这段时期，自圣诞节前的四个星期的星期日起，至圣诞节止。
[③] 大斋节（Lent），亦称"封斋节"。基督教的斋戒节期。教会通常在圣灰礼拜三也就是大斋节的首日，开始换上了象征"忏悔""警醒"及"禁戒"等意义的紫色作为布置。大斋期由大斋首日(圣灰星期三/涂灰日)开始至复活节前日止，一共四十天。

第四章

兰斯洛特和桂妮薇在高塔上望着窗外骑士时代的日落，夕阳的余晖衬映出他们的黑色剪影。兰斯洛特这个丑陋老人的轮廓此刻看上去就像一个滴水嘴怪兽。在和他同一时代的教堂巴黎圣母院，这种模样可怖的怪兽看上去就像是处于冥思之中。不过，随着他慢慢变老，这份丑陋也变得比以往更加高贵。那些丑陋的痕迹如同他肌肉的线条一样，已归于沉寂。就像斗牛犬这种最令人难以捉摸的狗一样，兰斯洛特也长了一副能让人信任的脸。

令人动容的是，这两人此刻正在唱歌。他们的声音虽然已不像年轻人那般有力量，但仍能紧紧抓住曲调。他们的歌声虽然很微弱，但极为纯净。他们互相扶持着。

兰斯洛特唱：

当五月到来，

白昼放出光芒

阳光流淌

我不再害怕争斗。

桂妮薇唱：

当，

当每日按老路

奔跑的太阳

不再发出亮光

我不再害怕晚上。

他们齐声唱：

但是，啊，

但是，啊，不论是白天还是晚上

我的心充满欢愉

必定有一天会精疲力竭离去

所有的力量，全都逝去。

随着一声出人意料的优雅音符，他们停了下来，接着兰斯洛特说道："你的声音还是那么动听，我的恐怕是越来越嘶哑了。"

"你就不应该喝酒。"

"这么说太不公平了！自从找完圣杯之后，我几乎就成了一个禁酒主义者了。"

"嗯，我还是希望你碰都别碰。"

"那我什么都不喝了，就是水也不喝了。我会渴死在你脚下，然后亚瑟给我举行一个盛大的葬礼，然后他会因为是你让我这么做而永远都不会原谅你。"

"是的，到时候我就去女修道院赎罪，从此以后过着幸福快乐的生活。我们现在唱点什么呢？"

兰斯洛特说："不唱了。我不太想唱。来，坐我身旁，珍妮。"

"你是不是有什么不开心的事？"

"没有。我这一辈子从没有像现在这样开心过。而且我敢说，以后也不会有这么开心了。"

"现在为什么开心？"

"我也不清楚。或许是因为春天终究来了吧,这样,明亮的夏天也就离我们不远了。到时候你的胳膊会再次变成褐色,沿顶端的那一片会发红,手肘是一圈玫瑰色。我不确定我喜不喜欢你弯曲起来的这些部位,就像手肘内侧。"

桂妮薇回避了这些迷人的赞美。

"不知道亚瑟现在在做什么?"

"亚瑟去见高文兄弟们了,我在说你的手肘呢。"

"我知道。"

"珍妮,我开心是因为你总会命令我。这便是我开心的缘由。你总是唠叨说不让我多喝酒。我喜欢你关心我,告诉我该做什么。"

"你看起来需要这样的关心。"

"我的确需要。"他说。然后,他冷不丁地来了一句,这把他们两个人都吓了一跳:"我今天晚上可以来吗?"

"不行。"

"为什么不行?"

"兰斯,拜托别问了。你知道亚瑟在家的,这太危险了。"

"亚瑟不会介意的。"

"如果亚瑟抓到我们,"她理智地说道,"他会杀了我们的。"

他拒绝承认这一点。

"亚瑟对我们的事很清楚。梅林曾费尽口舌警告过他,摩根勒菲也给过他两个明显的暗示,还有就是莫利亚格雷斯爵士惹的麻烦。但他并不想把事情闹大。除非有人指使他,否则他是永远抓不到我们的。"

"兰斯洛特,"她愠怒地说道,"我不想让你那么说亚瑟,就好像是他给我们牵线搭桥似的。"

"我没那么说他。他可是我第一个朋友,而且我很爱戴他。"

"那你就是在说我,好像是我越来越坏似的。"

"现在你就表现得很像。"

"那好,如果这就是你想说的,你最好还是走吧。"

"好让你跟他做爱,是这样吧。"

"兰斯洛特!"

"噢,珍妮!"他跳了起来,一如往常地敏捷,然后一把抓住了她,"别生气。如果我说话太刻薄,我向你道歉。"

"走开!让我自己静一会儿。"

但是他仍然紧紧地抱着她,就像是正在制服一头野兽,不让它逃走似的。

"别生气。我给你道歉。你知道我不是故意的。"

"你这头野兽。"

"不,珍妮,我不是野兽,你也不是。只要你还生气,我就不放开你。我刚才那么说是因为我很痛苦。"

她那沉闷而压抑的声音有些哀怨地说道:

"我刚才还说你开心了呢。"

"呃,我不开心。这整个世界都让我感到很不开心,很痛苦。"

"你觉得就你是这样的吗?"

"不,我没这么觉得。我很抱歉说了刚才的话,说那些话让我很不开心。好了,行行好吧,不要再让我不开心了好吗?"

她的心软了下来。岁月已磨平了他们早年的脾气。

"那我原谅你了。"

但她的微笑和顺从再次打动了他。

"珍妮,跟我走吧!"

"拜托别再说这个了。"

"我想说控制不住，"他有点绝望地说道，"可我不知道该怎么办。上帝啊，我们这一生一直都在做着同样的事情，但这个春天的事情却似乎变得更糟了。你为什么不跟我去快乐园，让整件事公诸于众呢？"

"兰斯，放开我，理智一点吧。好了，坐下来，我们再来唱一首歌。"

"可是我不想唱歌。"

"我也不想这样啊。"

"如果你能跟我去快乐园，那事情就可以一劳永逸地解决了。无论如何，我们可以一起快乐地度过我们的晚年，一直到我们平静地死去，不用像现在这样每天生活在欺骗当中。"

"你刚才说过亚瑟对我们的事情很清楚。"她说道，"也就是说我们根本没有欺骗他。"

"是的，可这是两回事。我爱亚瑟，当我看到他看着我，而且知道他知道我们的事情的时候，我真的无法忍受。你知道的，亚瑟爱着我们。"

"可是，兰斯，如果你真是深爱着他，为什么还要他的妻子跟你一起私奔呢？"

"我想让我们的事情公开。"他固执地说道，"至少是在最后。"

"嗯，但我不想这样。"

"事实上，"他现在又暴怒了起来，"你真正想要的是两个丈夫。女人总是不会满足。"

她耐心地避免再次发生争吵。

"我不想要两个丈夫，而且我跟你一样感到不自在，可是把我们的事情公开了又有什么好处？我们现在的这种状况是比较糟，但至少亚瑟只是心里知道，我们还可以相爱，也很安全。如果我跟你私奔了,结果便是一切都将被打破。亚瑟将不得不对你宣战,派兵包围你的快乐园,你们俩即便不是同归于尽,其中一个也肯定会死,此外还得连带上另外成百上千人的性命,这对任何人都没有好处。还有,我不想离开亚瑟。嫁给他的时候,我就承诺陪在他的身旁,而且他一直对我都很好,我也喜欢他。虽然我也很爱你,但至少我能给他一个家,在他身边帮助他。我不明白把事情公开了有什么意义。我们为什么要让亚瑟在大庭广众之下受苦呢?"

在逐渐变暗的暮光中,他们谁也没注意到,就在他们说话的时候,国王本人已经进来了。他们的剪影映衬在窗户上,这使得他们很难看清身后屋内的情景。但是国王已经走了进来。国王在那里站了一会儿,把自己的思绪从遥远的奥克尼岛和其他一些国家大事上收了回来。他停步在挂有帘子的门边,用苍白的手将锦毯撩向一边,手上的玺戒在黑暗中闪闪发光——然后,国王没有偷听哪怕是一秒,任锦毯落下,消失在门口。国王去找了一个侍从,好让他通报自己的到来。

"对我来说,唯一体面的事,"兰斯洛特说道,一边在膝盖间绞着双手,"唯一体面的事就是离开,再也不要回来。可是当我尝试这么做的时候,我的脑子根本无法忍受。"

"我可怜的兰斯,要是我们刚才没停止唱歌就好了!现在你又担忧起来了,那种情绪又发作了。我们为什么不能顺其自然,让你那位著名的上帝来安排这些呢?试着将事情想清楚,或者在纠结于事情的对与错时去做事情,都是无益的。我不知道什么是对什么是错。但我们可以相信自己,顺其自然,然后往好的一方面想啊!"

"你是他的妻子,而我是他的朋友。"

"这么说,"她说道,"是谁让我们相爱的?"

"珍妮,我不知道该做什么。"

"那就什么都别做。过来,给我一个真挚的吻,上帝会照看好我们俩的。"

"我亲爱的!"

这一次,侍从带着他们常发出的那种噪音,咔哒咔哒地上楼来了,同时还带了一盏灯。亚瑟命令点起蜡烛。

屋子里顿时亮了起来,灯光在这对情人周围流溢,而他们早已松开了对方。当侍从点亮灯芯的时候,这个屋子的那些挂饰才开始显示出它们的绚丽色彩。阿拉斯挂毯布满鲜花的草地和鸟儿群集的树林突然显现,在四面墙上微微波动。门帘再次被掀起,国王走进了屋里。

他看上去很苍老,比他们中的任何一位都要老。但那是一种高贵的老,不怒自威。即使在今天,我们有时候也能碰到一个六十岁或者更老的人,他把腰板挺得像灯心草一样直,头发仍旧乌黑。他们是同一类的人。现在你能清楚地看到兰斯洛特了,他是人性不倒的完美典范——对人的责任总是充满狂热。桂妮薇则看上去既亲切又优雅,那些在她脾气最暴躁的年纪认识她的人可能会为此大吃一惊,而现在你几乎有一种想保护她的冲动。不过他们三人中最令人动容还是要属亚瑟。他衣着朴素,温文尔雅,能够容忍自己身上那些本初的东西。很多时候,当王后在大礼堂华丽的大烛台下招待贵宾的时候,兰斯洛特却发现他一个人待在小屋里缝补袜子。此刻,他身穿蓝色的家居睡袍——在那个时代,蓝色是一种名贵颜色,只有国王和画中的圣徒和天使可用,正停在闪着亮光的房间的门口,微笑着。

"好,兰斯。好,格温。"

仍急促喘息的桂妮薇回应他的问候:"好,亚瑟。你把我们两个吓了一跳。"

"抱歉。我刚回来。"

"高文他们怎么样?"兰斯洛特用往常的语气问道,他一直想让自己的语气听起来自然一点,但从未能如愿。

"我去的时候,他们正在打架。"

"还真是他们的样儿!"他们同时惊呼。

"那你是怎么做的?他们因为什么打架?"他们把这件事弄得听起来好像关系到生死存亡似的,他们自己心里有鬼,所以把谈话的气氛也弄得不对了。

国王只是目不转睛地盯着前方。

"我没问。"

"家族的事。"王后说道,"毫无疑问。"

"毫无疑问,是的。"

"应该没人受伤吧?"

"没人受伤。"

"那么,"她叫道,顿觉得自己如释重负的口气听起来那么荒唐,"那就好。"

"是的,那就好。"

他们看到他的眼睛正闪烁着光芒。他们的困窘让他觉得有趣。气氛转为正常了。

"现在,"国王说道,"我们还要继续谈论高文他们吗?难道我从我妻子那里从来都得不到一个吻吗?"

"亲爱的。"

她把他的头拉向她,在他的额头上吻了一下,在心里把他想象成一个忠实的老东西——她友善的熊。

兰斯洛特起了身:"或许我该走了。"

"别走,兰斯。你陪我们一会儿挺好的。过来,坐到火边来,给我们唱首歌。我们很快就用不着火了。"

"的确是快用不着了。"桂妮薇说道,"真没想到,夏天就快来了。"

"不过，坐在火边的感觉还是很惬意的——尤其是在家里。"

"在你自己的家里当然惬意了。"兰斯洛特怪异地说道。

"此话怎讲？"

"我没有家。"

"别担心，兰斯，你会有的。要是到我这个年纪还没有，你再开始担忧吧。"

"才不是呢。"王后说道，"说得就好像你遇到的那些女人没在你后面追上好几英里似的。"

"手里还举着一把斧子。"亚瑟补充道。

"其实其中有一半都向我求婚了。"

"那你还抱怨自己没有家。"

兰斯洛特大笑了起来，最后一丝紧张气氛看起来被打破了。

"你会，"他发问，"娶一个拿着斧头追你的女人吗？"

在回答这个问题之前，国王慎重地想了一下。

"我不能这么做。"最后他说道，"因为我已经结婚了。"

"跟格温。"兰斯洛特说。

现在的情形比较奇怪。他们看起来已开始用话外之音来交谈了，就像是蚂蚁用他们的触角交流一样。

"跟王后桂妮薇。"国王否认道。

"或者说跟珍妮？"王后提议道。

"是的。"他表示同意，但是在长时间的停顿之后，"或者说珍妮。"

他们陷入了更深的沉默之中，直到兰斯洛特第二次站起了身:"好了,我必须走了。"

但亚瑟用一只手挽住了他的手臂:"不,兰斯,再待一会儿。今晚我想告诉桂妮薇一些事情,我想让你也听听。我们在一起也这么久了。我想把一件旧事坦诚地告诉你们,因为我把你视作是我们家族的一分子。"

兰斯洛特坐了下来。

"这就对了。现在给我你们的一只手,你们俩都是,我要这样坐在你们中间。好了。我的王后和我的兰斯,你们两个谁也不要因为我将要告诉你们的事情而责怪我。"

兰斯洛特有些苦涩地说道:"我们没有资格责怪其他人,陛下。"

"没有?嗯,虽然我不知道你这话是什么意思,但我还是想给你们讲一个故事,是关于一件我年轻时做过的事。它发生在我娶格温之前,比你受封骑士那会儿就更早了。你们会介意我把它讲出来吗?"

"如果你想说,我们当然不会介意。"

"不过我们不会相信你会做什么错事。"

"这一切的开始还得说到我出生前,真的,因为当时我父亲爱上了康沃尔伯爵夫人,为了得到她,他杀死了伯爵。她就是我的母亲。故事的这一部分你们应该知道。"

"是的。"

"但或许你们并不知道,我出生在一个很尴尬的时候,对于我父母的结婚日期来说,我出生得太快了。于是他们严密地隐瞒了此事,将襁褓中的我送了出去,寄养在埃克特爵士家。带我走的便是梅林。"

"后来,"兰斯洛特欢快地说道,"当你父亲死了的时候,有人带你来到了宫廷,然后你从石头里拔出了那把魔法之剑,证明了自己是全英格兰的正统国王,从此过上了快乐幸福的生活,这便是故事的结局。我觉得这故事并不坏啊。"

"不幸的是,这并不是故事的结局。"

"怎讲?"

"嗯,我的亲爱的,是这样的,我一出生就被人从我母亲身边带走了,她从不知道我被带去了哪里。我也不知道我的生母是谁。只有尤瑟·潘卓根和梅林两个人知道我们的母子关系。许多年之后,那时候我已当上了国王,我碰到了我母亲家的人,当时仍然不知道她们与我的关系。那时候尤瑟已经死了,而梅林因他的那些先见之明总是糊里糊涂的,也忘了告诉我这件事,所以我遇到她们的时候就像是不认识的陌生人。我当时觉得她们中有一个既聪明又美丽。"

"著名的康沃尔三姐妹。"王后冷冷地说道。

"是的,亲爱的,著名的康沃尔三姐妹。她们是我母亲与她的前夫康沃尔伯爵所生,当然了,她们其实就是我同母异父的姐姐,虽然我当时并不知道这一点。她们的名字是摩根勒菲,依莲和摩高丝,她们当时被公认为是全不列颠最漂亮的女人。"

他们等待着他低沉的声音继续说下去,而他的确没有犹豫地说了开去。

"我爱上了摩高丝。"这个声音补充道,"而且有了一个孩子。"

即使他们俩中有人感到惊异、愤恨、同情或嫉妒,他们也并没有表现出来。唯一让他们感到极度讶异的是,这个秘密竟被隐藏了这么久。不过他们可以从他的声音感受到他为此事而遭受的痛苦,以及在将他的心声完全吐露出来之前,他并不希望被人打断。

他们盯着壁炉,陷入了他们之间一直以来最长时间的沉默。最后亚瑟耸了耸肩。

"所以，你们现在看到了，"他说道，"我其实是莫桀的父亲。高文和他的几个兄弟其实是我的外甥，但他又确确实实是我的儿子。"

兰斯洛特目光闪烁，像是有话要说。

"即便这样，我也不认为你的行为很恶劣。你当时并不知道她是你同母异父的姐姐。你也还没遇到格温。无论如何，从她之后的经历来看，这倒很可能是她的错。那个女人就是一个恶魔。"

"她是我的姐姐，还是我儿子的母亲。"

桂妮薇轻抚他的手："我很遗憾。"

"另外，"他说道，"她是那么漂亮。"

"摩高丝……"兰斯洛特开口道。

"摩高丝被人砍掉了头，已为她的行为付出了代价，所以我们还是让她安息吧！"

"砍头，"兰斯洛特道，"是她的儿子所为，因为他发现他与兰马洛克爵士睡在一起……"

"拜托了，兰斯洛特。"

"抱歉。"

"不过我仍然认为你并没有做什么不道德的事，亚瑟。毕竟，你当时并不知道她是你的姐姐。"

国王深吸了一口气，再次开口说了下去，声音更加嘶哑。

"我还没告诉你们，"他说道，"这个故事最坏的部分。"

"是什么？"

"你们看，那时候我还很年轻，只有十九岁。梅林来我这里告诉了我所有发生的事情。每个人都跟我说，我犯下了可怕的罪行，带来的只会是痛苦，还有如果莫桀生下来，将会成为一个什么样的人，说了关于莫桀的许多事。他们还用可怕的预言吓我，于是我做了一件从那之后一直让我困扰的事。我的母亲一听到此事就将摩高丝藏了起来。"

"你做什么了？"

"我让人发了一个公告，宣布出生于某个特定时间的婴儿都将必须放到一艘大船里，漂流出海。我想毁掉莫桀，这也是为了他好，但却不知道他会在哪里出生。"

"他们照做了吗？"

"是的，那艘船漂走了，莫桀就在船上，但船在一个岛边失事了。那些可怜的婴儿大部分都被淹死了——不过上帝救了莫桀，并随后把他送回来让他羞辱我。摩高丝突然有一天带着他出现我面前，那是在她找回他很久之后的事了。不过她一直对其他人装作他和高文和其他几个孩子一样，都是她和洛特所生。她自然也不想把此事告诉给外人，他的几个兄弟也是。"

"哦，"桂妮薇说道，"既然除了奥克尼岛的人和我们没人知道这件事，而且莫桀也安然无恙……"

"可是我无法忘掉其他那些婴儿。"他痛苦地说道，"我经常在梦里梦见他们。"

"以前你为什么不告诉我们？"

"我心有愧疚。"

这一次兰斯洛特爆发了。

"亚瑟，"他高声道，"你没有什么好愧疚的。你那时候太年轻，还不是那么懂事，而且你做的事别人也对你做过。那些用罪行吓唬孩子的混蛋要是让我抓着，我非扭断他们的脖子不可。愧疚有什么用处？想想你遭受的折磨，都是徒然！还有那些可怜的孩子们！"

"都淹死了。"

他们重又坐了下来，望着火焰。最后桂妮薇转向他的丈夫。

"亚瑟，"她问道，"你今天为什么要讲这个故事？"

他迟疑着，想了一会儿。

"因为我担心莫桀对我怀有怨恨，可怜的孩子，他这么做也对。"

"谋反吗？"总司令询问。

"嗯，这个还谈不上谋反，兰斯，不过我觉得他心怀不满。"

"将那个哭哭啼啼的家伙砍头，结果了他。"

"不，我从来都没这么想过！你忘了莫桀是我的儿子了。而且我喜欢他。我已经对他做了许多错事，我的家族对康沃尔家族也多有伤害，我不能再做不道德的事了。再说，我是他的父亲，我能从他的身上看到我的影子。"

"你们看上去并不是很像。"

"确实有相像之处。莫桀有雄心，钟爱荣誉，我一直以来就是这样的。只是因为他身体较弱，所以才在我们比武大赛上表现欠佳，这也让他感到痛苦，我要是没那么幸运的话，可能也会跟他一样痛苦。他还很勇敢，虽然方式奇特了一点，而且他忠于他的子民。你们看，他母亲让他与我作对，这很正常，而我在他心里也成了恶人的代表，几乎可以肯定的是，最后他肯定会杀了我。"

"你真的把你说的这些当作现在不杀他的理由了吗？"

国王突然看上去有些惊讶，或者说震惊。他本来一直放松地坐在他们中间，因为他很疲惫，情绪也很低落，但此刻他一下挺直了身子，直视着他的指挥官。

"你必须谨记我是英格兰的国王。既然身为国王，你就不能根据自己的喜好来处决人民。国王是自己人民的首领，他必须以身作则，不辜负他们的期望。"

他没有顾及兰斯洛特脸上吃惊的表情，再次握住了他的手。

"你会发现，"他解释道，"当国王是崇尚武力的恶棍的时候，他的子民也会是恶棍。如果我自己不带头维护法治，那我就无法在我的子民中推行法治。我当然想在我的子民中实施新法，因为那样他们会更加富足，结果便是，我也会因此更加强大。"

他们看着他，想着他究竟要表达什么。他并未移开目光，试着用眼神与他们交流。

"你看，兰斯，我必须要绝对公正。我的良心不能再承受类似那些婴儿那样的事情。我与暴力划清界限的唯一方式便是施行法治。要做一个理想的国王，愿意处死自己的敌人远远不够，他还必须愿意处死自己的朋友。"

"还有他的妻子？"桂妮薇问道。

"还有他的妻子。"他神情严肃地说道。

兰斯洛特不自然地在长椅上挪了挪，试着以幽默的方式做点评论："我希望你不要太快砍下王后的头。"

国王仍然握着他的手，直视着他。

"不管是桂妮薇还是你，兰斯洛特，如果你们被证实对我的王国有罪，那我将会砍下你们的头。"

"天啊！"她惊呼道，"我希望没人会作证！"

"我也如此希望。"

"那莫桀呢？"过了片刻后，兰斯洛特发问。

"莫桀是个郁郁寡欢的年轻人，而且我担心他会尝试用一切手段来推翻我。如果，假如说，他在你身上，亲爱的，或者格温身上找到了对付我的把柄，我确信他会试上一试。你明白我的意思了吗？"

"我明白。"

"所以,假如那个时刻到来,假如你们中的任何一个可能,呃……可能给了他某种把柄……你们会当心一点儿,对吗?我把自己交在你们手上了,亲爱的。"

"可这说不通啊……"

"自从他来这里那一天起,"兰斯洛特说道,"你就一直待他很好。他为什么还想伤害……"

国王把双手收回到自己的膝盖上,在他下垂的眼皮下面,他的目光似乎望着火焰。

"你忘了,"他温和地说道,"我从来没想给格温一个儿子。等我死后,莫桀也许将是英格兰的国王。"

"如果他有任何谋反的迹象,"兰斯洛特一边说道,一边握紧了双拳,"那我一定会亲自杀了他。"

那只青筋突起的手立即又挽住了他。

"这事你千万不能做,兰斯。无论莫桀做什么,即便是想谋害我的性命,你必须向我保证,你会谨记他是有合法血统的继承人。我一直都是一个不道德的人……"

"亚瑟,"王后高声道,"别再这么说你自己了。这太荒谬了,让我都感到羞愧了。"

"你不觉得我是个不道德的人吗?"他讶异地问道。

"当然不觉得。"

"但我觉得是,在那些婴儿……"

"没有人,"兰斯洛特激烈地说道,"会往这方面想。"

国王在火光中站了起来,看上去既迷茫又欣慰。他认为让他觉得自己没有做不道德的事是荒谬的,但他还是很感激他们对他的爱。

"好了,"他说道,"无论如何,我不会再提我是个不道德的人了。国王的职责在于尽自己所能防止流血事件,而不是引发流血冲突。"

他眉毛下的眼睛再次看了他们一眼。

"所以现在,亲爱的,"他愉快地结语道,"我得赶去请愿法庭了,好安排一下我们那著名法治的事情。你在这跟格温待会儿,兰斯,听完这个悲惨的故事后,你得安慰她一下,我的好伙伴。"

第五章

当亚瑟说他要去为他那著名的法治安排一些事情的时候，他并不是真的要去开庭。在中世纪，国王确实也会亲自开庭，甚至晚到被称为亨利四世的统治时期也是如此——他本该坐镇国库和皇家法庭才对。不过今天已太晚了，做不了这些立法之事了。亚瑟离开是为了去阅读明天的请愿状，他一直尽职尽责地保持着这个习惯。如今，法治成了他的主要兴趣，成了他对抗强权的最后努力。

尤瑟·潘卓根在位期间，除了那些不成熟和一面倒的专为上层阶级服务的规矩，全国上下并无真正可称得上法律的东西。即使到现在，当国王开始鼓励司法，以一劳永逸地限制"强壮的手臂"的权力①，国内还是有三种互相冲突的法律。他正在尝试做的就是将它们融合起来，把习惯法，教会法和罗马法统一成一部他希望称之为民法的单一法典。这个工作和阅读次日的请愿状需要他每天晚上，独自一人安静地在司法室里为之忙碌。

司法室在宫殿的另一头。它本应该是空荡荡的，但今天情形却不同。

---

① 详见"永恒之王"系列第三部《残缺骑士》第一章。

不过，虽然屋里有五个人正在等待着国王到来，但一个现代游客最先注意到或许还会是屋子本身。它的出奇之处在于，房间被挂毯围成了一个方形空间。现在已是晚上，所以窗户已关，门已紧闭，结果便是你会感觉自己置身于一个匣子里：你对这个对称的方形空间有一种奇怪的感觉，这种感觉，那些被关在杀死它们的瓶子里的蝴蝶肯定深有体会。你会猜测这五个人是如何被引入到这个中国迷宫似的地方来的。环绕着墙壁，从天花板到地板都并排地挂着壁毯，它们像一幅幅色彩绚丽的流动图画，讲述着大卫和拔示巴①、苏珊娜和长老②的故事。我们今天看到的那些褪色的东西与这些让司法室变成一个五彩匣子的亮丽挂毯根本不可同日而语。

烛光闪闪发光地照在这五个人身上。房间里家具极少，很难分散你对他们的注意力——只有一张长桌和国王的高背椅，桌上摊开着供国王审阅的羊皮纸，还有角落里一套加高的阅读用组合桌椅。屋里所有的色彩都来自于墙壁和这五个人。他们每个人都穿着丝质的紧身衣，上面绣着人字形加三株蓟花的纹章，不过弟弟们会用不同的辈分标记加以区分，所以他们看上去就像是一手摊开的扑克牌。他们就是高文家族，而且像往常一样，他们正在吵架。

高文说道："最后问你一次，阿格莱瓦，你能不能不说这件事？我既不想卷入，也不想参与。"

"我也不想。"加雷恩道。

加荷里斯说道："我也是。"

---

① 圣经故事人物，大卫王曾在屋顶上见她沐浴，便渴望得到她，她与大卫通奸怀孕后，大卫借故杀死了其丈夫乌利亚，与她生了所罗门。
② 圣经故事人物，苏珊娜是一个美貌女子，品性贞洁，虔信律法。两位士师长老，痴迷于苏珊娜的美，常常伺机偷窥。有一天，苏珊娜在自家花园准备沐浴时，两个长老跳出来施暴，苏珊娜坚拒不从，二长老反诬她与人幽会。次日在公审中，苏珊娜被叛死刑。年轻的先知但以理得到神启，为之鸣冤，挽救了苏珊娜的生命，说谎的长老被处死。

"如果你非要这么做,只会分裂我们这个家族。我跟你已经说得很明白了,我们是不会帮你的。到时候你只能自己收拾烂摊子。"

莫桀耐着性子等待着,一脸的嘲讽。

"我站在阿格莱瓦这一边。"他说道,"兰斯洛特和我舅母是我们所有人的耻辱。如果没人愿意站出来的话,阿格莱瓦和我愿意承担起这个责任。"

加雷恩猛地转向他:"你还真是适合做这种让人羞耻的事。"

"谢谢。"

高文尝试运用安抚的方式,但他并不是一个适合做安抚工作的人,所以他的意图就像地震一样一看便知。

"莫桀,"他说道,"听听劝吧,这也是为了你们好。你是一个很勇敢的人,把这事放一放好不好?我是你的长兄,知道这件事的后果。"

"不管结果如何,反正我要去见国王。"

"可是,阿格莱瓦,如果你这么做了,那就意味着战争。到时候亚瑟和兰斯洛特将不得不相互攻击,不列颠下面一半的王国的国王都会因兰斯洛特的名声站在他这一边,那将会是内战啊。你难道不明白吗?"

这个一家之长就像是一只在表演戏法的天性善良的动物,他步伐沉重地走向阿格莱瓦,然后就用他那动物爪子般的大手拍了拍阿格莱瓦。

"啧,老弟,忘了上午的那点事吧!每个人都有发怒的时候,说到底,我们可是兄弟。我不明白的是,既然你知道兰斯洛特以前对我们做过的事,为什么还要跟他作对呢?难道你不记得他从托奎因爵士手下救过你还有莫桀一命吗?我也是,老弟,在悲情塔他从卡拉多斯爵士手下也救过我一命。"

"他这么做只是为了他个人的荣誉。"

加雷恩转向莫桀。

"在我们面前你可以随便说兰斯洛特和桂妮薇的事,因为很不幸,这是事实,但我不喜欢你这种冷嘲热讽的语气。当我以厨房听差的身份第一次来到宫廷的时候,他是唯一对我好的人。他没有一点瞧不起我的意思,而是经常给我教导,鼓舞我,还为我挺身而出对抗凯伊,他也是加封我为骑士的人。每个人都知道,他这一生中从来没有干过哪怕一件卑鄙的事。"

"当我还是一个年轻骑士的时候,"高文说道,"上帝宽恕我吧,我陷入了一场有争议的争斗之中,我被怒气冲昏了头。对,我在一个人投降后杀了他,后来又杀了一个少女。可是兰斯洛特从来没有让比他弱小的人遭受不幸。"

加荷里斯也说道:"他爱护年轻的骑士,并且尽自己所能帮助他们赢得马上比武。我不明白你为什么要怨恨他。"

莫桀耸耸肩,拂了拂衣袖,作势要打呵欠。

"至于兰斯洛特,"他说道,"是阿格莱瓦要追究他。我的仇人是那个快乐的君王。"

"兰斯洛特,"阿格莱瓦表明自己的立场,"名不符实。"

"他不是。"加雷恩说道,"他是我知道的最伟大的人。"

"我对他可没有那种男学生似的崇拜……"

挂毯另一侧的门的铰链吱吱呀呀地响起,门把手发出嘎嘎的摩擦声。

"安静,阿格莱瓦,"高文低声劝说道,"别说那件事了。"

"我要说。"

亚瑟的一只手掀起了门帘。

"拜托了，莫桀。"加雷恩低语道。

国王进了房间。

"要做到公平。"莫桀说道，他提高了嗓门，好使所有人都能听得到，"毕竟我们的圆桌会议也要有司法才行。"

阿格莱瓦也装作没注意到有人进来，高声地应和道：

"是时候有人说出真相了。"

"莫桀，安静！"

"我们只想要真相！"驼背用一种胜利的口吻总结道。

亚瑟刚才一路啪嗒啪嗒地穿过石头走廊，心神全部集中在今晚要做的工作上，此刻他站在门口等待着，却没有丝毫的讶异。这几个衣服上绣着人字形加蓟花纹章的人都转向他，看着这个处于自己最后光荣时刻的老国王。他们静静地站了一会儿，最后，加雷恩心痛地看清了他的模样。他看到的并不是一个浪漫英雄，而是一个勤勤恳恳的普通人——他不是骑士精神的领袖，而是一个无时不刻都在思考，努力忠实于他那古怪魔法师老师的小学生；他不是英格兰的亚瑟王，而是一个在犬牙交错的命运里，将王冠在自己头上戴了大半辈子的孤独老先生。

加雷恩跪倒在地。

"此事与我们没有关系！"

高文也缓缓单膝跪下，加入了他的行列。

"陛下，我来是想管住我的兄弟，但他们就是不听我的。但他们说什么，我都一概不会听的。"

加荷里斯最后一个跪下。

"我们想在他们说话之前离开。"

亚瑟走进房内，轻轻地扶起了高文。

"如果你们想走，亲爱的，"他说道，"当然可以走。我希望我没给你们家族带来麻烦吧？"

高文愤怒地转向其他人。

"这个麻烦,"他说道,古老的骑士语让他周身充满了骑士气概,"定将摧毁世上所有骑士精神之精华,伤害我等高贵之友谊,而一切皆因此二位愁苦骑士而起!"

高文推着加荷里斯鄙夷地出了门,加雷恩跟在后面,一副无可奈何的样子。与此同时,国王默默地走向了他的王座。他从椅子上拿起两个坐垫放在台阶上。

"好了,外甥们,"他平和地说道,"坐下来,告诉我你们需要什么。"

"我们还是站着吧。"

"你们可以随意,当然了。"

这样的开场并不符合阿格莱瓦的策略。他抗议道:

"唉,莫桀,过来!别这样,我们又不是来和自己的国王吵架。我们从来没有过这样的想法。"

"我要站着。"

阿格莱瓦谦恭地坐在坐垫上。

"你需要两个坐垫吗?"

"不,谢谢,陛下。"

老人只是看着,等待着——就像一个将要被吊死的人,他或许已任刽子手摆布,但又不用他帮忙来套套索。他看着他们,看上去有点疲惫,但又带着某种戏谑,就像是把套套索的工作留给了他们。

"或许不说这件事。"阿格莱瓦说道,很逼真地装出一副不情愿的样子,"会是更明智的做法。"

"或许是的。"

莫桀全力打破了面前的局势。

"这太荒谬了。我们来这里就是要告诉我们舅舅这件事的,他也应该知道。"

"可这是令人不愉快的事。"

"既然这样,我亲爱的孩子们,如果你们愿意的话,那我们不要再谈论此事了。这春天的晚上是多么美好,让我们别为那些令人不愉快的事烦忧,你们两个现在何不出去与高文和好呢?你们可以向他借那只聪明的苍鹰明天用。王后刚刚还提到了,如果晚餐能有一只好的小野兔,那她会很享受的。"

他正在为她而拼搏,或许是为了所有人而拼搏。

莫桀用炽烈的目光盯着他的父亲,开门见山地说道:

"我们来这里是为了告诉您一件宫廷里每个人都知道的事。桂妮薇王后是兰斯洛特公开的情人。"

老人俯下身去拉了拉自己的披风。他猛拽一下,使其盖在自己的脚上,好让它们保持温暖,然后他再次直起身,看着他们的脸。

"你们做好为这项指控作证的准备了吗?"

"我们准备好了。"

"你们知道,"他温和地问他们,"以前也有人做过这样的指控吗?"

"如果没有,那就太令人难以置信了。"

"上一次传播这种流言的时候,是一个叫莫利亚格雷斯爵士造的谣。由于没有任何证据来证明这件事,最后只能用个人决斗的方式来判决。莫利亚格雷斯爵士指控王后犯有叛国罪,并要为他的指控而战。幸运的是,兰斯洛特爵士足够友善,愿意代表王后陛下出战。你们一定还记得结果吧?"

"我们记得很清楚。"

"最后,当决斗开始时,莫利亚格雷斯爵士躺在地上,坚持要向兰斯洛特投降。由于用什么法子都无法让他起来,最后兰斯洛特主动提出愿意脱下他的头盔和左半身的盔甲,以及把一只手反绑在背后。莫利亚格雷斯爵士接受了这一提议,不过即便如此,他最后还是被砍翻了。"

"这些我们都知道。"那个年纪最小的弟弟不耐烦地大声道,"个人决斗毫无意义。无论如何,它都不是公正的司法。能赢的都是暴徒。"

亚瑟叹了口气,合起双手。他一直都没有提高嗓音,此刻继续以平静的语气说了下去。

"你还很年轻,莫桀。你需要明白的是,几乎所有实施司法的方式都是不公平的。除了个人决斗,如果你能提出另外一种解决争议的方式,那我倒很乐意试上一试。"

"兰斯洛特比别人强壮,又总是代表王后出战,但这并不能说明王后就永远是对的。"

"我确信不是。不过,你看,一旦我们有了争议,就得通过某种方式解决它。如果一个主张无法被证实,那就必须通过另外的方式去解决,但几乎所有的解决方式都会对某个人不公平。事实上,你并不用亲自与王后的出战者对战,莫桀,你可以以疾病为由,雇一个你所知道的最强壮的人为你出战,当然了,王后同样也可以雇一个她所知道的最强壮的人为她出战。这跟你们各自雇一个自己所知道的最好的辩护师为自己辩护是一个道理。而最后通常是最富有的人能赢,因为无论是最贵的辩护师还是最贵的战士他都能雇得起,所以假装说这个只是个暴力问题毫无意义。"

"不,阿格莱瓦,"在后者正要说话的时候,他继续说道,"别在这个时候打断我。我想把这些通过个人决斗来做判决的事情说清楚。就我来看,这是一个富不富有的问题,一个富不富有和运气好不好的问题,当然了,还有上帝的意愿。如果一样富有的话,那我们就可以说运气更好的那一方会赢,这就像是掷硬币一样。现在,你们两个可否确信,如果你们真的指控桂妮薇王后犯有叛国罪,你们这一方会是运气更好的那一方?"

阿格莱瓦假装很谦虚地加入了这场谈话。他喝酒一直都很谨慎,他的手此刻不再颤抖。

"如果你不介意的话,舅舅,我想说的正是这个。我们希望不用个人决斗的方式解决这件事情。"

亚瑟立刻抬起了头。"看来你知道得很清楚。"他说道,"神判法已被废除,至于采用雪冤宣誓①,又不太可能为王后找到足够数量的贵族。"

阿格莱瓦露出了笑容。"我们对新法所知不多,"他流利地说道,"但我们认为,如果一项指控能在您的这些新法庭上被证实,那就不会再有个人决斗的必要。当然了,我们的想法有可能是错的。"

"陪审团审判,"莫桀爵士轻蔑地说道,"您是这么叫的吧?类似于行商法庭②的东西。"

阿格莱瓦冷酷的心里一阵狂喜,他心想道:"让他作茧自缚!"

国王的手指在椅子的扶手上敲打着。他们正在步步逼近,旁敲侧击,将他击退。他缓缓说道:

"你们对新法所知不少。"

"打个比方,舅舅,如果有证人真的发现兰斯洛特在桂妮薇的床上,那就没有决斗的必要了,对吗?"

---

① 盎格鲁-撒克逊时代和诺曼征服以来,在诉讼中所采用的证明方法都是由裁判者来决定的。在民事诉讼中,一种通常的证明方法是"雪冤宣誓",即由被告宣誓并陈述原告的主张不能成立,然后由法官指定十二名宣誓辅助人出庭对是否相信被告宣誓的真实性按一定的方式宣誓陈述,如果宣誓陈述被告的宣誓陈述是真实的,那么被告的主张就被证明了。

② 行商法庭(pie-powder),欧洲的中世纪后期,由于各国贸易和经济进一步发展,与之相关的纠纷日益增多,穿梭于欧洲各封建国家的商人为了提高商业效率和减少交易成本,逐渐形成统一的商人习惯法,使他们在欧洲任何地方做生意,都能使用相同的商事惯例。这些商事惯例在商人活动聚集的各主要港口和集市设立的专门处理商事争议的"行商法院"中适用。这些行商法院由各国资深商人组成,适用半正式的"法院"程序,处理争议迅速并充分尊重当事人的意见。

"如果你不介意我这么说,阿格莱瓦,我希望你还是用你舅母的头衔称呼他,至少在我的面前,即便是在这件事情上。"

"珍妮舅母。"莫桀说道。

"是的,我确信我听到过兰斯洛特爵士叫她这个名字。"

"'珍妮舅母'!'兰斯洛特爵士'!'如果你不介意我这么说的话'!他们可能现在接吻呢!"

"你说话最好礼貌一点,莫桀,否则请你离开我的房间。"

"我确信他不是故意要这么冒昧,舅舅。他只是在为您受辱的名声烦忧。我们想要公正,而莫桀因为他'家庭'的原因……呃……对此感触极深。不是吗,莫桀?"

"我才不关心该死的我的'家庭'。"

国王的脸看上去更加憔悴,他叹了口气,但依然保持着耐心。

"好吧,莫桀,"他说道,"你们最好还是别为这些小事争吵了。你对他们不礼貌,我不会再加阻拦。你跟我说我的妻子是我最好朋友的情人,而且显然你已准备证明这项指控,那我们就来好好谈谈这件事。我想你明白这项指控意味着什么?"

"不,我不明白。"

"不管怎样,我确信阿格莱瓦明白。这项指控意味着,如果你们坚持要用民事证据的方式来解决,而不是诉诸于名誉法庭,那这个案件就会遵循民事证据的程序一路走下去。如果你们能立案成功,那个从托奎因爵士手下救你们的人将被砍头,我深爱的妻子将会被活活烧死;如果你们立案不成功,那我现在必须警告你,莫桀,你将会被放逐,丧失掉继位的全部希望,而阿格莱瓦,我将会用火刑处死他,因为他作了这项指控,自己已犯了叛国罪。"

"每个人知道,我们现在就能立案。"

"很好,阿格莱瓦,看来你是一个很执着的律师,决意要通过法律的方式来解决这件事。我想,提醒你世上还有一种叫作宽容的东西应该是徒劳的吧?"

"是那种,"莫桀问道,"曾用来将那些婴儿放入船中,任其漂走的宽容吗?"

"谢谢,莫桀。我几乎忘了。"

"我们不想要宽容。"阿格莱瓦道,"我们只要公正。"

"我明白你们的意思。"

亚瑟把手肘支在膝盖上,用手指遮住了眼。他垂着头坐了一会儿,聚集起责任和高贵的力量,然后从手影下开口说话。

"你们计划怎么抓他们?"这个身材高壮的男人总是很客气。

"舅舅,如果您能同意挑个晚上不在王后那里过夜,我们会召集一队兵,在王后的房间里将兰斯洛特擒获。您必须离开,不然他不会去。"

"我觉得我不能对我自己的妻子设一个陷阱,阿格莱瓦。如何取证是你们的责任,我觉得这样才算公平。显然我有权拒绝成为……嗯……某种意义上的同伙。为了帮助你们故意离开,这并不在我的职责范围之内。不,我应该可以心无杂念地拒绝这么做。"

"但是您不可能永远拒绝离开。您不可能余生都将自己跟王后拴在一起,就为了不让兰斯洛特接近他。您下个星期要去参加的狩猎聚会怎么样?如果您不去,那你就是为了阻挠司法,故意在改变您的行程。"

"没人能够阻挠司法,阿格莱瓦。"

"那就是说您会去参加狩猎聚会,亚瑟舅舅,而且如果兰斯洛特在王后房间的时候,我们有权破门而入?"他那得意扬扬的声音极其不检点,以至于就连莫桀听了都感到厌恶。国王站了起来,将长袍裹紧了身体,像是有点冷。

"我们会去。"

"而且您不会预先告诉他们?"这个男人的声音因兴奋都有点打颤,"我们提出这项控告后,您不会去警告他们吧?这样可不公平吧?"

"公平?"他问道。

他仿佛是从一个极其遥远的地方在看他们,正在掂量真相、公正、罪恶和人间诸事。

"我同意。"

他睁开了眼,注视着他们,目光如游隼那般闪闪发光。

"但是,莫桀和阿格莱瓦,容我再说几句,以个人身份,我现在唯一的希望就是兰斯洛特杀了你们俩和所有的证人,这样的壮举——我可以骄傲地说——我的兰斯洛特绝对能够做到。同时,作为司法首长,我还要补充一下,如果你们的这项可怕的指控最后根本无法成立,那我会用你们自己提议的严厉法律,毫不留情地追究你们的责任。"

第六章

兰斯洛特知道国王已去新森林打猎,所以他确信王后会派人来叫他。他的卧室里很暗,只有一盏在圣像前点着的灯,此刻他正穿着睡袍在地上踱来踱去。除了色彩艳丽的睡袍和围在头上像是穆斯林头巾的毛巾,他全身赤裸着,他已准备就寝。

这是一间光线幽暗的屋子,陈设极其简单。墙上空空如也,小而硬的卧榻上方并无遮篷。窗户没有装玻璃,而是被某种不透光的亚麻油布蒙上。伟大的指挥官们住的通常就是这种简单的行军卧房,房内除了一把椅子或一个旧箱子外什么都没有。传说威灵顿公爵[①]即便在沃尔默城堡里都习惯睡在行军床上。兰斯洛特的房间里有一个用金属接连的箱子,看上去就像一口棺材。除这个箱子和那张床之外,再看不到别的东西——当然除了他那把靠墙而立的巨剑,剑的皮带垂落在墙面上。

在这个箱子上放着一顶壶形头盔。过了些时候,他将头盔拿起放到圣像前的亮光下,他站在那里,脸上带着跟很久以前那个男孩儿一样的迷惑神情[②]——他正在看映在铁盔上的自己

[①] 威灵顿(Duke of Wellington,1769~1852年),即第一任威灵顿公爵,英国元帅,他是历代威灵顿公爵中最为人熟悉的一位,所以他常被称为威灵顿公爵。他是反拿破仑战争中的联盟军统帅之一,以指挥滑铁卢战役闻名于世。最后在自己喜欢的住所沃尔默城堡(Walmer Castle)因中风去世。
[②] 详见"永恒之王"系列第三部《残缺骑士》第一章。

的影子。他将它放下,又开始踱来踱去。

当门上传来敲门声的时候,他认为这正是给他发出的信号。他拿起剑,伸手正要去拉门闩,但门却自己开了。加雷恩出现在门口。

"我可以进来吗?"

"加雷恩!"

他惊讶地看着他,接着不冷不热地说道:

"进来吧。很高兴见到你。"

"兰斯洛特,我是来警告你的。"

老人定眼看了看他,然后咧嘴而笑。

"老天!"他说道,"我希望你警告我的不是什么很严重的事吧?"

"是的,这件事很严重。"

"好吧,进来吧,把门关上。"

"兰斯洛特,是关于王后的事。我不知道该从何说起。"

"那就不麻烦你开口了。"

他抓着这个年轻人的肩膀,开始把他推向门边。

"你能来警告我,这很好。"他说道,挤捏着他的肩膀,"但我不觉得你能告诉我一些我不知道的事情。"

"噢,兰斯洛特,你知道,只要能帮你,我是什么都愿意做的。我不知道当别人听说我来找过你的时候会怎么说。可是我不能袖手旁观。"

"到底怎么了?"

他停下了脚步,再次看着他。

"是阿格莱瓦和莫桀。他们恨你。或者说是阿格莱瓦恨你。他妒忌你。莫桀最恨的是亚瑟王。我们尽自己的努力想阻止他们,但他们就是不听。高文说不管怎样他都不想与此事扯上关系，而加荷里斯从来就不善于拿主意。所以我只能自己来了。即使这是在跟我自己的兄弟和家族作对，我也要来，因为我这一切都应归功于你，我不能让这样的事发生。"

"我可怜的加雷恩！你这是让自己处于何种境地啊！"

"他们已经去面见国王，直接跟他说你……你到王后的卧室去了。我们本来想阻止他，不过我们不想留下来听，但我确信他们说的就是这个。"

兰斯洛特松开了他的肩膀，在房间里踱了两步。

"别为此事担心。"他边说边踱了回来，"许多人以前就这么说过，但都没什么结果。它很快就会平息的。"

"这次不会。我从心里感觉到不会。"

"胡说。"

"不是胡说，兰斯洛特。他们恨你。他们不会再像莫利亚格雷斯爵士那样采用决斗的方式。他们太狡猾了。他们会给你设一个陷阱。他们会在你的背后加害于你。"

但这个老兵只是笑了笑，拍了拍他。

"你想得太多了。"他说道，"还是睡觉去吧，我的朋友，忘了这事。你能来真好——不过现在回家去吧，振作起来，睡个好觉。如果国王会拿这个事小题大做，那他永远都无法去打猎了。"

加雷恩咬了咬手指，然后扬起头，鼓起勇气准备直截了当地说明白。

最后他说道："请你今天晚上别去找王后。"

兰斯洛特扬起一条眉毛，但转念之间又放了下来。

"为什么不能？"

"我确信这是一个陷阱。我确信国王今天晚上是故意离开，这样你就会去找她，然后阿格莱瓦会去那里把你抓个正着。"

"亚瑟绝不会做这样的事。"

"他已经做了。"

"胡说。你还在婴儿床里的时候我就认识亚瑟了,他不会这么做的。"

"可这很冒险!"

"如果这是一个危险,那我会好好享受它。"

"求你了!"

这一次,他将手放在加雷恩的背上,开始把他用力地往门口推。

"好了,我亲爱的厨房听差,好好听着。第一,我了解亚瑟;第二,我了解阿格莱瓦。你觉得我会怕他吗?"

"可是叛国……"

"加雷恩,当我还是一个年轻小伙儿的时候,有一次有个贵妇人追着一只咬断了皮带的游隼,从我跟前跑过。然后皮带缠到了一棵树上,游隼被挂在了树的顶端。这个贵妇人请求我爬到树上去,把鹰捉回来,我从来对爬树都不那么在行,当我爬到树的顶端解开那只鹰的时候,这个贵妇人的丈夫却全副武装地突然现身,并且说要砍掉我的头。捉鹰这件事从头到尾都是一个陷阱,为的是使我脱下自己的盔甲,好使他能抓到我。当时我正在树上,只穿着衬衣,连个匕首都没有。"

"是吗?"

"是的,最后我用一根树枝击中了他的头,打倒了他。他可比可怜的老阿格莱瓦厉害多了,即便我那些辉煌的日子已经过去,而且还患有风湿,但我也不怕他。"

"我知道你能对付阿格莱瓦。但假如他带一支武装小队来攻击你呢?"

"他什么都不会做的。"

"他会。"

门上传来了一声刮擦声，还有一声轻敲的声音，可能是老鼠弄出来的，但兰斯洛特的眼睛却变得朦胧起来。

"好吧，如果真那么做，"他简短地说道，"那我将不得不和他的小队对战了。但这样的情景只存在于想象之中。"

"你今天晚上不能不去吗？"

他们已经到了门口，国王的总司令语气也变得决然起来。

"你瞧，"他说道，"如果你一定想知道，王后已经派人来叫我了。一旦被召见，我是不能拒绝的，对吧？"

"那就是无论如何你都要去，是吗？"

"没错，我的厨房听差，我现在必须走了。天啊，别那么悲惨兮兮的。把这事留给久经考验的坏蛋，快回去睡觉吧。"

"这意味着我们说'再见'了。"

"胡说，是说晚安。好了，王后还在等着呢。"

这个老人轻松地将一件斗篷披上肩膀，仿佛他还是那个壮年时候的自己。他抬起门闩，站在门口，想着有没有忘带什么东西。

"要是我能阻止你就好了！"

"唉，你不能。"

他步入了走廊的黑暗中，将这件事情从脑中一扫而光，然后便消失不见。他忘带的东西正是他的剑。

第七章

桂妮薇在她豪华卧室的烛光里等着兰斯洛特的到来，此刻她正在梳理她的灰白头发。她看上去美丽异常，不像是电影明星的那种美，而是一种有着丰盈灵魂的美。她正在独自歌唱，唱的竟然是一首赞美诗——优美的《圣神降临颂》[①]，这首歌据传是一位教皇所做。

蜡烛的火苗在夜晚的空气里无声地跳动，映照着镶嵌在深蓝色床帐上的金色小狮子。梳子和刷子上贴着的装饰品闪烁着光芒。一口大箱子的抛光黄铜嵌板上漆着圣徒和天使的彩饰。墙上的挂锦微微褶皱着，闪闪发光——而在地板上，铺了一条极尽奢华，应受谴责的名贵地毯。走在这条毯子上人会惴惴不安，因为地毯起初并不是用来铺在地板上的。亚瑟通常都会绕着它走。

当门被轻轻推开的时候，桂妮薇正在一边唱歌一边梳理头发，她的声音与无声的烛光浑然融为一体。总司令将自己的斗篷脱在箱子上，尔后径直走过去站在了她的身后。她在镜中看着他，没有感到一丝的惊讶。

"要我来为你梳吗？"

[①] 《圣神降临颂》（*Veni Sancte Spiritus*），是圣神降临节必唱之拉丁文的圣神祈祷文。

"如果你喜欢的话。"

他拿起梳子,开始用它配合手指穿过她那倾泻如注的银发,王后闭上了眼睛。

过了一会儿,他开了口。

"这就像是……我也不知道像什么。不像绸子,就像是倾泻的水,不过又有点云的感觉。云是水聚集成的,对吧?它是白雾呢,还是冬日的海洋呢,是瀑布,还是结霜的干草堆呢?没错,应该是干草堆,又深又软,还散发着香气。"

"是个很恼人的东西。"

"是海洋。"他郑重地说道,"我出生的海洋。"

王后睁开眼问道:"你来的时候安全吗?"

"没人看见。"

"亚瑟说过他明天就会回来。"

"是吗?这里有根白头发。"

"揪掉它。"

"可怜的头发。"他说道,"很细的一根。为什么你的头发这么漂亮,珍妮?我得把六根头发编在一起,才能抵得上你一根头发粗。我该揪掉它吗?"

"是的,揪吧。"

"疼吗?"

"不疼。"

"为什么不疼?小的时候,我经常揪我姐姐妹妹的头发,她们也经常揪我的,那真是疼啊。是不是我们老了就失去感觉了,所以我们也就感觉不到痛苦和快乐了?"

"不。"她解释道,"这是因为你只揪一根。你要是抓住好几根一起揪,那就会疼了。瞧。"

他把头低下来好让她能够得着,然后她身体向后仰,伸出白色手臂将他额头上的头发缠在手指上。她用力扯着那卷头发,直到他做出苦脸为止。

"是的,还是会疼的。总算可松口气了!"

"你的姐妹就是这么揪你的吗?"

"没错,不过我揪她们揪得更狠。到后来每当我走近她们时,她们就会双手将自己的辫子抱着,瞪着眼睛看我。"

她大笑了起来。

"我很庆幸我不是你的姐妹。"

"噢,不过我是绝不会揪你的头发的。你的太美了。我想对它做点别的事情。"

"你想做什么?"

"我想……呃……我想像睡鼠一样蜷在里面,进入梦乡。我想现在就做。"

"等你把头发弄完再说。"

"珍妮,"他突然问道,"你觉得这会长久吗?"

"什么意思?"

"加雷恩刚才去找过我,他警告我们亚瑟是故意离开,为的是给我们设下一个陷阱,然后阿格莱瓦和莫桀会来抓我们。"

"亚瑟绝不会做这样的事。"

"我也是这么说的。"

"除非有人逼迫他。"她若有所思。

"我看不出有谁能逼迫他。"

他突然改变了话题。

"加雷恩为了警告你宁愿与他的兄弟们作对,他真是个好人。"

"你知道吗,我认为他是宫廷里最好的人之一。高文也不错,可是他脾气太急,而且会得理不饶人。"

"他很忠心。"

"没错，亚瑟曾说过，如果你不是奥克尼人，那他们是很怕的；而如果你是，那你就是一个很幸运的人，虽然他们有时候会打得不可开交，但真的是互相珍爱。他们是一个家族。"

王后适才改变的话题在无意中又将他带回了原来的话题。

"兰斯，"她语带惊恐地问道，"你认为他们会不会逼迫国王？"

"什么意思？"

"亚瑟有一种可怕的正义感。"

"我也不知道。"

"上周我们三个有过谈话的，我觉得他是在警告我们，听！你听到什么了吗？"

"没有。"

"我觉得我听到有人在门口。"

"我去看看。"

他走过去开了门，但门口并没有人。

"虚惊一场。"

"那把门闩上吧。"

他把门闩滑上——这是一根五英寸厚的粗橡木棒，它深深地滑进厚墙上的深槽之中。他回到灯光下，把闪闪发光的头发分成容易打理的一绺一绺，然后开始迅速地编起辫子来。他的手像梭子一样来回穿梭。

"我们紧张兮兮的太可笑了。"他说道。

但她仍然有点怀疑，用了一个问题来回应他的话。

"你还记得崔斯特瑞姆与伊索尔德的故事吗？"

"当然记得。"

"崔斯特瑞姆曾和马克国王的妻子睡觉，国王因此杀了他。"

"崔斯特瑞姆是个笨人。"

"我认为他很好。"

"他肯定想让你这么想。但他是一个康沃尔骑士,和其他康沃尔骑士都一个样。"

"人们说他是这个世界上第二好的骑士。兰斯洛特爵士,崔斯特瑞姆爵士,兰马洛克爵士……"

"那只是人们的传言罢了。"

"你为什么认为他是一个笨人?"她问道。

"嗯,这个说来话长。你不记得在亚瑟建立圆桌骑士之前骑士制度是什么样子,所以你就不知道嫁的人是怎样的一个天才。你也就不明白崔斯特瑞姆和……呃……比如说加雷恩之间的区别。"

"什么区别?"

"在以前,每个骑士都是各为自己着想。那些老的,比如说布鲁斯·萨努斯·皮特,都是些强盗。他们知道,自己只要身穿盔甲就没人能击败他们,所以他们便怎么高兴怎么来,公然杀人和大胆猥亵是常有的事。当亚瑟即位的时候,他们极其愤怒。你知道的,他这个人相信事情有对错之分。"

"他现在仍然如此。"

"好在他在这个观念之外,还具有一种坚韧的性格。虽然他花了差不多五年的时间来使这个观念落地生根,但这个观念无非就是想让人们做到彬彬有礼。我肯定是头一批从他那里领会到彬彬有礼这个观念的骑士之一,而且在我年轻的时候就领会到了,他让这个观念成了我的一部分。人们都说我是一个多么完美多么彬彬有礼的骑士,但其实这与我一点关系都没有,它是亚瑟的观念,而且他对所有的年轻一代,比如加雷恩,都寄予了这样的期许。现在它已经广为流行。也正是它引导了我们去寻找圣杯。"

"那为什么说崔斯特瑞姆是个笨人?"

"嗯,他本来就是。亚瑟说他是一个小丑。他居住于康沃尔,从来没接受过亚瑟的教导,不过他听到了这种风尚。他断章取义地把这种念头吸收进自己的头脑里,认为著名的骑士应该彬彬有礼,而且一直都在不停地尝试想达到这种风尚的标准,但却从来不去正确地理解和从内心感受它。他是一个盲目的模仿者。在他内心里,他其实一点都不彬彬有礼。他对自己的妻子态度恶劣,总是欺负可怜的老帕罗米德斯,只因为他是个黑人,而且还以最不体面的方式对待马克国王。那些从康沃尔来的骑士都是一些老骑士,他们对亚瑟的这项观念在内心里一直都持敌对态度,即使他们确实也领会到了其中的一部分。"

"就像阿格莱瓦。"

"是的。阿格莱瓦的母亲就来自康沃尔。阿格莱瓦之所以恨我,就是因为我代表了这项观念。有趣的是,我们这三个被人们称为最好的骑士的人——我是说兰马洛克、崔斯特瑞姆和我——都被老骑士们痛恨。当崔斯特瑞姆被杀死的时候,他们都为此欢欣鼓舞,因为他曾模仿过这项观念,当然了,还有兰马洛克爵士最后也是被高文家族以叛国罪杀掉的。"

"我认为,"她说道,"阿格莱瓦之所以恨你是因为他妒忌你。我觉得他根本就不关心亚瑟的这个观念,他只不过是嫉妒任何一个比他强的勇士。崔斯特瑞姆曾在去快乐园的路上击败过他,所以他恨他;兰马洛克曾在修道院的马上比武中击败他,所以他参与了谋杀了他;还有……你击败过他多少次?"

"我不记得了。"

"兰斯,你有没有意识到他恨的那两个人都死了?"

"是人都会死,迟早罢了。"

突然间,王后将自己的那些辫子从指间甩开,她从椅子上扭过身子，一只手握着一条发辫，瞪大了双眼看着他。

"我相信那是真的，加雷恩说的！我相信他们今天晚上要来抓我们。"

她从椅子上跳起来，开始把他推向门口。

"快走。趁现在还来得及走。"

"可是，珍妮……"

"不，没有那么多可是，我知道这是真的。我能感觉到。给你，你的斗篷。啊，兰斯，快点儿走。他们可是从兰马洛克爵士背上捅了一刀。"

"镇定，珍妮，不会有事的，别这么激动。这只是你的想象……"

"不是想象。你听。你听。"

"我什么都没听到。"

"你快看门。"

门闩的把手——一块马蹄形的锻铁——此刻正在轻轻地向左移动。它不确定地移动着，就像一只螃蟹。

"门怎么了？"

"看那个把手。"

他们站在那里，像着了魔似的看着它，而它正盲目地移动着，探索着，时而跳动一下，时而狡诈地犹豫不定。

"噢，上帝！"她低语道，"现在太迟了！"

锻铁把手落了回去，震在木门上发出一声很大的声音。这是一扇好门，双层，而且两层木板的纹理一个呈竖直状一个呈水平状，此刻一个戴了铁手套的手正在门上不停地敲。阿格莱瓦的声音在头盔的作用下听起来瓮声瓮气，他大叫道：

"开门，以国王的名义！"

"我们完了。"她说道。

"叛徒骑士！"伴随着木门撞击着金属发出的轰隆轰隆

声,那个声音嘶叫道,"兰斯洛特爵士,汝已被围!"

更多的声音跟着这个声音一起开始大叫。许多甲胄的铿锵声在石阶上响起,不再保持警惕。木门不停撞击着门闩。

兰斯洛特说话也不自觉地用上了骑士语。

"卧室内可有盔甲?"他问道,"可用以遮盖吾之身体?"

"这里什么都没有。连把剑也没有。"

他站在那里,面对着门,咬着手指,脸上一副迷惑不解而又镇定自若的表情。好几个拳头正捶打着门,把门震得摇摇晃晃的,那些声音听起来就像是一群猎犬的吠叫。

"噢,兰斯洛特,"她说道,"这里什么武器都没有,你还几乎什么都没穿。而他们全副武装,人又那么多。你会被杀,我会被烧死,我们的爱情就这样悲惨地走到尽头了。"

他因自己不能解决这个问题也开始自责起来。

"要是我穿着自己的盔甲就好了。"他恼火地说道,"像只陷阱里的老鼠一样被抓,这真是太荒谬了。"

他环视着房间,诅咒自己忘了随身带着他的武器。

"叛徒骑士!"那个声音叫得更大声了,"从王后的房间里滚出来!"

另一个声音却听起来悦耳而镇静,它愉快地叫道:"汝乃聪明之人,这里有十四个带甲兵士,汝已无路可逃。"是莫桀,捶门的声音此时更大了。

"唉,真该死!,"他说道,"我们不能让他们这么一直吵下去。我必须得出去,不然他们会吵醒整个城堡的人。"

他转向王后,抓起她的手臂。

"珍妮,我要称你为我的最高贵的基督教王后。你会坚强吗?"

"我亲爱的。"

The Candle in the Wind

"我亲爱的老珍妮,让我们亲吻一下吧。听好,你一直是我特别的好女人,一直也没有人能破坏得了我们。这次也别怕。如果他们杀了我,你要记着鲍斯爵士这个名字。我所有的兄弟和侄子都会照顾你的。给鲍斯或德玛瑞斯捎个口信,如有必要,他们会来救你的。他们将会安全地把你带到快乐园,在那里,你可以生活在我的封地上,过着和你现在一样的生活。你明白了吗?"

"如果你死了,我也不想被救了。"

"你要想。"他坚定地说道,"必须有人活着来好好解释我们之间的事,这很重要。这个艰巨的工作你必须要做。而且,我还想让你祈祷呢!"

"不。祈祷还是让别的人来做吧。如果他们杀了你,那我会被烧死。我会像所有的基督教王后那样遵从地死。"

他温柔地吻了她一下,把她扶到椅子上。

"没时间争执了。"他说道,"我只知道,无论发生什么,你都还是那个珍妮,而我还是那个兰斯洛特。"然后,他一边全神贯注地环视着房间,一边心不在焉地说道,"他们要只是跟我争,那倒不为怪,但把这件事也强加在你身上,那他们就实在太可恶了。"

她看着她,努力不使自己哭出来。

"我愿意用脚,"他说道,"去换一点盔甲——哪怕只是一柄剑,这样我就能让他们长点记性。"

"兰斯,如果他们愿意杀了我而放过你,那我很高兴那样去做。"

"那我会痛苦不堪的。"他回答道,突然发现自己有了强烈的幽默感,"好了,好了,现在我们必须得尽力而为。看来又得麻烦下我的这把老骨头了,不过我相信我会很享受的!"

他把蜡烛放在里摩日①箱子的盖子上,这样他开门的时候,这些蜡烛会在他的身后。他拿起他的黑色斗篷,细致地纵向折成四层,然后将其缠绕在左手和前臂上作为保护。接着他从床边捡起一个脚凳,平衡地用右手拿紧,最后一次扫视了一遍房间。自始至终,门外的声音一浪高过一浪,有两个人显然想用他们的战斧破门而入,不过双层门板的交错纹理挫败了他们的企图。他走到门口,提高嗓门儿开始说话,外面的人一听到他的声音顿时寂静无声。

"好大人们,"他说道,"别再喊了,也别这么急躁,我这就开门,你们想怎么处置我随你们。"

"那就快出来!"他们有些慌乱地喊道,"出来啊。"

"汝与吾等反抗实属徒劳无益。"

"让我们进去。"

"汝若愿去面见亚瑟国王,吾等愿饶你一命。"

他用一只肩膀抵在摇摇晃晃的门上,然后轻轻地将门闩推回墙里。接着,他一边仍用肩膀紧紧地抵住门——门外的人感觉到将有什么事要发生,停止了劈砍——一边将他的右脚稳稳地踏在离门框大概两英尺的地方,让门自动打开。门猛地一抖,停在他的脚边,留下一条狭窄的开口,是半开而不是全开,一个全副盔甲的骑士此时像一个被提线操纵的木偶一样,跌跌撞撞地从这个开口闯了进来。兰斯洛特猛地在他身后关上门,插上门闩,用垫有斗篷的左手抓住他的剑柄向前一拉,同时在他脚下一绊,在他跌倒的时候手中的脚凳猛地砸向他的头部,而且转瞬之间就坐在了他的胸口上——身手一如既往地矫健。整件事情做得轻松而从容,仿佛是这个穿盔甲的人自己

---

① 里摩日(Limoges),法国中南部城市,在法国以生产陶瓷而闻名。

没有了力量一样。这个高塔一般的家伙穿着宽阔的盔甲走进屋里，在那里站了片刻，从他头盔的缝隙间搜寻着他的对手，他给人一种很顺从的感觉——他看起来就像是走进来，把自己的剑交给兰斯洛特，然后自个儿躺倒在了地板上。现在，这个铁巨人仍然躺着，仍像先前那般温顺，而那个光着腿的男人已将剑尖刺入了他的面甲之中。当兰斯洛特双手握着剑柄使劲刺下去的时候，铁巨人微微战栗了几下。

兰斯洛特站起身，双手在他的睡袍上抹了抹。

"我很抱歉我必须杀了他。"

他打开面甲去看："奥克尼的阿格莱瓦！"

当兰斯洛特转向王后的时候，从门外传来一阵可怕的叫喊声，夹杂着捶打声，劈砍声和咒骂声。

"帮我把盔甲脱下来。"他简短地说道。她没有一点犹豫，立刻上前，和他一起跪倒在尸体旁，把重要部分都剥了下来。

"听着，"在他们剥盔甲的时候，他说道，"这给我们一个公平的机会。如果我能击退他们，我会回来找你，然后我们一起去快乐园。"

"不，兰斯，我们造成的伤害已经够大的了。如果你真能杀出去，你必须要远离此地直到这件事平息下来。我要待在这里。如果亚瑟能原谅我，如果这件事能不被散播出去，那你可以到时候再回来。如果他不原谅我，你也能回来救我。这个干什么用？"

"把它给我。"

"这是另一个。"

"你最好也走。"他一边力劝，一边像足球运动员穿球衣一样，将无袖短铠甲挣扎着套在身上。

"不行。如果我走了，一切就没有回旋的余地了。如果我留下,我们或许还有弥补的机会。你总可以来救我,如果有必要的话。"

"我不想把你一个人丢下。"

"如果我被定罪,而你来救我,我保证我会跟你一起到快乐园去。"

"如果不是呢?"

"用你的斗篷擦擦头盔。"她说道,"如果不是,那你可以以后再回来,到时候一切都会和原来一个样子。"

"很好。好了,余下的,我不需要了。"他挺起身子,握紧那把沾满鲜血的剑,看着那个杀死自己母亲的人的死尸。

"加雷恩的兄弟,"他若有所思地说道,"或许他只是喝醉了。上帝保佑他安息吧——虽然这么说有点可笑。"

那个老妇人让他转过身去面向烛光。

"也就是,再见了!"她低语道,"但不会多时。"

"也就是,再见了。"

"给我一个吻?"她问道。

他吻了她的手,因为他穿着的盔甲上满是血污,而且覆盖着冰冷的金属。他们不约而同地想到了外面的十三个人。

"我想让你带个我的什么东西在身上,兰斯,把你的东西也给我留一个。交换戒指怎么样?"

他们交换了戒指。

"上帝将与我的戒指同在。"她说道,"就像我与它同在。"

兰斯洛特转过身朝门口走去。他们此刻正在叫着:"从王后的房里滚出来!"

"国王的叛徒!"

"开门!"他们尽可能多地制造噪声,为这件丑闻造势。他叉开双腿站在那里,面对着外面的滔滔声浪,然后以骑士之语回应他们。

"别再喊叫,莫桀爵士,容我一言。汝等速速退开此房门,勿再喧闹,勿再做出此等中伤他人之举。若汝等离开,不再喧哗,吾明日自当面见国王——到时看汝等何人敢控吾以叛国。是时吾将做骑士该做之事,答复汝等,即吾来此处,并无一点诡诈之心,吾将在国王面前证明此言,且会用吾之双手令汝等自食其果。"

"呸,叛徒!"莫桀的声音大叫道,"吾等定将取汝之头颅,汝之性命已掌握在吾等之手中。"

另一个声音喊道:"令汝明白,吾等已得亚瑟之命,对汝有生杀之权。"

兰斯洛特将面甲拉下,遮住自己的脸,然后用剑尖将门闩推向一边。那扇结实的木门立刻被猛地撞开,显现出门框里挤成一堆的铁人和火光冉冉的火把。

"啊,大人们,"他严峻地说道,"你们就一点礼节也没有吗?那你们得小心一点儿了。"

第八章

一周后。高文一族此刻等候在司法室里。这间屋子白天跟夜晚并不太一样。它不再是个匣子,不再是由四面带着隐约威胁和欺骗性,漠然的墙壁围成的空间,不再是那种诱使哈姆雷特用长剑刺死卑鄙之人的挂毯陷阱。午后的阳光从窗扉射入,照亮了那幅拨示巴的挂毯,她正坐在城堡城垛上的一个浴盆里,露出一对圆润的乳房,城堡看上去就像是用小孩子玩的积木搭成——阳光让大卫在挂毯上更加醒目,他正站在隔壁的地板上,头戴王冠,蓄着胡子,手拿竖琴——阳光还在上百只马匹,林立的长矛,头盔和成套的盔甲间流淌,这些东西充满了乌利亚被杀的战斗场景。对方的一个骑士一剑正中乌利亚的腹部,他就像一个没有经验的跳水运动员一样,一头栽落马下。那把剑的一半没入他的身体,所以这个可怜的人几乎已成两半,一些逼真的红色虫子正可怕地从伤口处涌出来,那正是他的肠子。

高文面色阴郁地坐在一张专为请愿人而设的侧椅上,他双臂交叉抱在胸前,头向后枕在挂毯上。加雷恩高坐在长桌上,正为一只鹰摆弄皮头套上的系带,他想做点改变,好使它们能结合得更紧些,但由于这些系带交错复杂,所以他现在脑子里毫无头绪。加雷恩站在他的身旁,急不可耐地想把那个头套拿过去，因为他确定他可以搞定这件事。莫桀脸色苍白，一只手用绷带吊在脖子上，此刻他正贴在一扇窗户的开洞上向外看着。他仍然感到疼痛。

"应该从那条缝下面绕过去。"加雷恩说道。

"我知道，我知道。不过我想把这个先穿过去。"

"让我来吧。"

"等会儿，要穿过去了。"

莫桀在窗户边说道："刽子手准备就绪了。"

"噢。"

"会死得很惨啊！"他说道，"他们用的是风干的木材，不会有烟，所以她会在窒息之前就被烧死。"

"这就是你的信仰。"高文愠怒地说道。

"可怜的老女人，"莫桀道，"几乎让所有人都为她的死有点儿难过了。"

加雷恩猛地转向他。

"你应该早点儿想到这个。"

"现在该最上面这一个了。"加荷里斯说道。

"我知道。"莫桀继续说道，几乎像是在自言自语，"我们的君主大人肯定在这扇窗户前观看处决呢。"

加雷恩的火气完全失去了控制。

"你就不能闭会儿嘴吗？任何人听了都会以为你很喜欢看人被烧死。"

莫桀轻蔑地说道："你也会的，真的。只不过你觉得说出来欠妥。他们将会把她烧死，让她只穿着内衣。"

"看在上帝的份上，安静一点儿。"

加荷里斯用他那慢吞吞的方式说道：

"我认为你不必担心。"

莫桀立刻转向他。

"你说他不必担心是什么意思?"

"他当然不需要担心了。"高文愠怒地说道,"你觉得兰斯洛特会不来救她吗?他可不是懦夫,从来都不是。"

莫桀的脑筋飞快地转动着,他先前那种静止不动地站在窗边的姿势此时已被一种紧张和激动所取代。

"如果他企图救她,那会爆发一场战斗。亚瑟国王将不得不与他作战。"

"亚瑟国王将会在这里观看。"

"可这太荒谬了!"他爆发了,"你的意思是说兰斯洛特会被允许带着王后一起逃走,而且就在我们鼻子底下?"

"这正是将要发生的事情。"

"可是这样根本就没人受到惩罚啊!"

"天啊,老哥,"加雷恩叫道,"难道你想看到那个女人被烧死吗?"

"是的,我想。没错,我想。高文,你自己的兄弟被杀了,你是准备就这样坐在这里,让这样的事情发生吗?"

"我警告过阿格莱瓦。"

"你们这些懦夫!加雷恩!加荷里斯!快让他去采取点什么措施啊。你们不能让这样的事情发生。他谋杀了阿格莱瓦,他可是你们的兄弟啊。"

"据我目前对这件事情的了解,莫桀,是阿格莱瓦带了十三个全副武装的骑士,想要趁兰斯洛特只穿着睡袍的时候杀死他。结果阿格莱瓦自己和另外的十三个骑士却被杀了——除了一个临阵脱逃的骑士。"

"我没有临阵脱逃。"

"你是唯一幸存的一个,莫桀。"

"高文,我发誓我没有临阵脱逃。我已经尽力与他对战了,可他打断了我的胳膊,然后我就什么都做不了了。我以我的名誉起誓,高文,我已经尽力和他对战了。"

他几乎要哭出来了:"我不是懦夫。"

"如果你没有临阵脱逃,"加荷里斯说道,"那为什么兰斯洛特会杀了其他的人,而唯独放你走?站在他的立场上,他应该杀了所有人才对,因为这样才不会留下一个证人。"

"他打断了我的胳膊。"

"没错,但他并没有杀你。"

"我说的是实话。"

"可他并没有杀你。"

胳膊上的疼痛加上现在的怒气,使他开始像孩子一样哭喊了出来。

"你们这些叛徒!你们总是这样。因为我不够强壮,你们就合起伙来反对我。你们为那强壮有力的蠢货说话,却不相信我说的话。阿格莱瓦死了,守灵也守了,你们却不打算为此处罚任何人。叛徒,叛徒!永远都是这样!"

亚瑟进来的时候,他已几近崩溃。亚瑟看上去有点疲惫,他缓慢地走向王座,坐了下来,然后做了个手势,示意他们也坐下。高文有气无力地重坐回长椅上,而加雷恩和加荷里斯却站着不动,他们用同情的眼神看着国王,整个房间只能听到莫桀的啜泣声。

亚瑟用手摸了摸他的额头。

"为什么要哭?"他问道。

"他向我们解释,"高文说道,"为何兰斯洛特杀死十三名骑士,又转念之间决定不杀死我们的莫桀。看起来他们关系很好啊。"

"我觉得我能解释。你瞧,就在十天前,我要求兰斯洛特永远不要杀我的儿子。"

莫桀苦涩地说道:"感谢您费心了。"

"你不必谢我,你该谢的是兰斯洛特。"

"我宁愿他杀了我。"

"我很高兴他没有这么做。既然我们现在已经有这种麻烦了,那就试着宽容一点儿,我的儿子。你要记住,我是你的父亲,除了你,我已没有别的亲人了。"

"我宁愿我从来没有来到这世上。"

"我也希望,我可怜的孩子。但你已经出生了,所以你要尽力做好每一件事。"

莫桀快步走向他,脸上带着某种假装的羞愧神情。

"父亲,"他说道,"您知道兰斯洛特必定会来救她吗?"

"我想是的。"

"那您布置了骑士阻止他吗?您安排了强大的守卫了吗?"

"守卫已经足够强大了,莫桀。我已努力去做到公平公正。"

"父亲,"他急切地说道,"派高文和这两个人去加强他们的力量。他会带着强军来的。"

"嗯,高文?"国王问道。

"谢谢您,舅舅。我宁愿您不这样要求我。"

"我应该要求你,这样对已在那里的守卫才算公平。你看,如果我知道兰斯洛特会来,却在那里布置很弱的守卫,这是不公平的,因为这是对我自己将士的背叛,他们会牺牲的。"

"无论您是否要求我,您还是收回您的王权吧,我不会去的。我当初警告过他们两个,我不会卷入这件事情。我不想看到王后被烧死,我必须说,我不希望她被这样处置,所以我也不会帮忙出力。我要说的就这些。"

"听起来像是叛国。"

"这或许是叛国,但我对王后一向很喜爱。"

"我也喜欢王后,高文,她可是我的妻子。但是一旦涉及到司法,就不能再有任何的儿女私情。"

"恐怕我无法不顾及自己的感受。"

国王转向另外几个人。

"加雷恩,加荷里斯,你们愿不愿意披上盔甲,去加强守卫?"

"舅舅,请别这样要求我们。"

"我也不想这么要求你,加雷恩。"

"我知道你不想,但请别强迫我。兰斯洛特是我的朋友,所以我怎么能与他对战呢?"

国王摸了摸他的手。

"兰斯洛特也会想让你去的,我的亲爱的,不管要与之对战的是谁,他也是相信司法的。"

"舅舅,我不能与他对战,正是他加封我为骑士的。如果您想让我去,那我去,但我不会穿盔甲。我担心我这也算叛国吧。"

"虽然我胳膊断了,"莫桀说道,"但我准备披挂上阵。"

高文挖苦地说道:"你应该足够安全了,我的小矮人。我们知道国王已经不让兰斯洛特伤害你了。"

"叛徒!"

"加荷里斯你呢?"国王说道。

"我将与加雷恩一同前去,不穿盔甲。"

"好,我想我们所能做的也就这些了。我希望我已经尽力做了我应该做的事。"

高文从长椅上站起身,脚步沉重地走向国王,脸上带着笨拙的同情。

"您所做的事已超乎我们的期望。"他一边热情地说道,一边将那只青筋突起的手握在自己的大手中,"现在我们必须向前看,希望能得到最好的结果。让我的两个兄弟不穿盔甲去吧。只要他看到他们的脸,就不会伤害他们。我必须留下来陪着您。"

"那就去吧。"

"我能通知刽子手开始了吗?"

"是的,如果你一定要这么做的话,莫桀。把我的戒指给他,去贝德维尔爵士那里拿授权令。"

"谢谢,父亲。谢谢。我们会很快弄好的。"

他那张苍白的脸上迸发着炽烈的激情,在这一刻闪过一丝真诚而怪异的感激,他急匆匆地出了房间。他跟在去加入守卫的两个哥哥身后,眼里闪着光芒,嘴神经质地抽搐着。随高文一起留在房间的老国王将头深深埋入了自己的双手之间。

"他本可以将这件事做得稍微体面一些。他本可以试着不要表现得那么快乐。"

高文将自己的手放在那只弯缩的肩上。

"别担心,舅舅,"他说道,"会没事的。兰斯洛特会及时来救她,不会造成什么伤害的。"

"我试着尽到自己的职责。"

"你的努力已令人钦佩。"

"我判决她是因为法律要这么判决她。我已经尽自己所能让审判得以施行。"

"但这不会发生的。兰斯洛特会安全地救走她的。"

"高文,你不要以为我在试着让她获救,我是英格兰的最高审判官,我们现在的职责就是毫不怜悯地将她烧死。"

"您说得对,舅舅,每个人都很清楚您已竭尽所能。可我们两个都从心里渴望她最后能平安无事,这是无法改变的事实。"

"啊,高文,"他说道,"我已经跟她结婚这么多年了啊!"

国王转过身,朝窗户走了过去。

"什么是对?"老人看着他的北境,脸上一副痛苦的表情,他哭喊着,"什么是错?如果兰斯洛特真的来救她,那他会杀了那些我派去烧死她的无辜守卫。他们信任我,是我派他们去阻止他的,因为这就是司法。如果他真救下了她,他们将会被杀。如果他们不被杀,那她就会被烧死,烧死在……高文……可怕的熊熊火焰当中……而她是我挚爱的格温。"

"别再想了,舅舅。这样的事情不会发生的。"

但是国王已悲伤难抑。

"为什么他现在还不来?为什么要等这么久?"

高文沉着地说道:"他要等到她出现在公众之前,出现在广场上,不这样的话,他就得硬闯城堡了。"

"我已试着警告过他们,高文。在他们被抓到的前几天,我就试着警告过他们。但要既不伤害感情,又将事情跟他们清楚地说明白,这真的很难。而我也是一个傻瓜,我一直不想弄清楚这件事情。我希望只要我顺其自然,事情到最后都会解决。你觉得这是不是我的错?你觉得如果当初我能做点别的事,那我是不是本来能救他们俩的?"

"您已尽自己所能了。"

"年轻的时候我做了一些不公正的事,从此它们便成了我一生痛苦的根源。你是否认为,当你做了坏事,只要以后做好事就能阻止它产生的后果?我不这样认为。自那之后,我一直都在尝试着做好事,想阻断它们产生的后果,但它就像荡开的涟漪一样越扩越大,根本无法阻止。你觉得这件事情也是其中的一个后果吗？"

"我不知道。"

"这种等待的感觉真是可怕啊！"他叫道，"对格温肯定更可怕。他们为什么不立刻把她带出来，快点了结此事呢？"

"他们很快就会这么做。"

"这不是她的错。是我的错吗？我当初是不是应该拒绝采纳莫桀的证据，让整个案件不成立？我是不是应该宣判她无罪？我本来可以将我的新法撇在一边。我应该那样做吗？"

"您或许可以那样做。"

"我本可以按我的意愿行事。"

"对。"

"可那会对司法产生什么样的影响？会有什么样的后果？后果，司法，不公正之事，坏事，淹死的婴儿！昨天晚上，一个晚上我都能看到他们围绕在我的身旁。"

高文平静地回应他，但换了一种语调。

"您必须忘掉这些事情。您必须振作起来去面对当下的艰难状况。您会这么做吗？"

国王抓住了王座的扶手。

"是的。"

"我想您必须到窗户这边来了。他们要将她带出来了。"

老人一动未动，只是手指在扶手上抓得更紧了。之后，他把全身的力量都集中在两个手腕上，撑着身体起了身，去履行自己的职责。除非他在行刑现场现身，否则它就不会合法。

"她穿着白色的内衣。"

他们安静地一起站在那里，观看着，就像两个没有感觉的人。在这样的危急时刻，他们已经变得麻木，所以他们的说话也变得像是你一句我一句的日常闲聊。

"他们在做什么？"

"我不知道。"

"祈祷，我想是。"

"对。前面的那个是主教。"

他们仔细看着他们祈祷。

"他们看起来好奇怪。"

"他们很平常啊。"

"既然我已经现身，"他像一个孩子般问道，"你觉得我现在可以坐下了吗？"

"您必须待着。"

"我觉得我待不了了。"

"你必须。"

"可是高文，如果她朝这边看呢？"

"如果您不待着，这将不合法。"

在外面，在这扇窗户下的扇形广场上，似乎有人在唱着赞美诗，不过很难辨别歌词或曲调。他们可以看到，成队的牧师正在为死刑仪式而忙碌，身上闪闪发光的骑士站着一动不动，广场外围人头攒动，看起来就像是一筐筐的椰子果。要看到王后并不容易。她看上去那么模糊，被裹挟在仪式的旋涡中，被带着一会儿往这一会儿往那，被带着与一小群官员和忏悔牧师会面，被带到刽子手面前，被劝说跪下祈祷，被敦促起身发表感言，被洒上圣水，手里被塞上蜡烛，被人宽恕，也有人请求她的宽恕；她耐着性子被人带着往前走，生命中之仪容和尊严就这样统统被剥夺。无论如何，黑暗时代的合法谋杀是没有任何尊严可言的。

国王问道："你能看到任何营救的迹象吗？"

"看不到。"

"时间过得真是漫长啊。"

窗外的颂唱声停止了，留下一片令人悲伤的寂静。

"还有多久？"

"还有几分钟。"

"他们会让她祈祷吗？"

"对，他们会让她祈祷的。"

老人突然问道："你觉得我们也应该祈祷吗？"

"如果你愿意的话。"

"我们该跪下吗？"

"我怀疑这样做是否有必要。"

"我们该说些什么呢？"

"我不知道。"

"我可以说天父吗？这是我唯一能想到的。"

"这么说很好。"

"我们可以一起说吗？"

"如果您愿意的话。"

"高文，我想我必须得跪下。"

"我还是站着吧。"奥克尼岛的领主说道。

"现在……"

就在他们正要开始他们那非正式的祷告时，从市场的一头传来了微弱的号角声。

"嘘，舅舅！"

他们的祈祷词刚说出一个词便戛然而止。

"有士兵来了。我想是骑兵！"

亚瑟立刻起身，来到了窗前。

"哪里？"

"听号角声！"

此刻，那黄铜发出的清晰、尖厉和激昂的调子正响彻整个房间。国王一边抓住高文的手肘晃动着，一边用颤抖的声音大叫起来："我的兰斯洛特！我就知道他会来的！"

高文将自己宽阔的肩膀硬挤过窗框。他们目不转睛地看着外面的情形。

"对。是兰斯洛特！"

"看他，穿着银色盔甲！"

"银底，红色斜纹的纹章！"

"好英俊的骑手！"

"看他们所有的人！"

的确，这很值得一看。市场突然陷入了雪崩般的混乱中，一如狂野西部的景色。一个个的水果筐都打破，里面的椰子果倾泻而出。骑士守卫们纷纷上马，他们的一只脚踩在马镫上，另一只脚则在战马旁边跳来跳去，因为那些马都以它们的骑手为轴转来转去。侍祭们都扔掉了手中的香炉。神父们横冲直撞地在人群中穿梭。本想留下的主教被连拉带推地带往教堂的方向，他的权杖被几个忠心的执事高举在混乱的人群之上，看起来就像是跟随着他后面的一面旗帜。有顶原本用四根杆子撑起来，遮挡在某人或某件东西上面的华盖此时由于杆子变得歪斜，慢慢沉了下去，犹如大西洋上一艘行将沉没的班轮。一队武器铿锵作响，身上闪闪发光的骑士随着黄铜的调子，像一股汹涌的洪流，猛地冲进了广场，他们的羽饰抖动着，就像是印第安人的头饰，他们的剑起起落落，就像是一种奇异的机械。方才簇拥着桂妮薇为她举行死刑最后仪式的那群人现在根本顾不上管她，所以她现在就像是灯塔般地矗立在那里。她穿着白色内衣，被绑在高高的火刑柱上，一动也不能动。她凌居于他们上面，战斗在她的脚下激烈地展开。

"那些马可真是一往无前无所畏惧啊！"

"没有别人能像那样冲锋的。"

亚瑟绞着双手。

"有人落马了。"

"是……塞格威迪斯。"

"好一场混战啊!"

"他的冲锋,"国王激烈地说道,"一向都是不可阻挡,从来都是。啊,好厉害的一击!"

"佩提洛佩爵士过来了。"

"不。是佩里蒙斯。他的兄弟。"

"看看那些阳光下的华丽的剑。看看那些色彩。好剑法,基利默尔爵士,好剑法!"

"不,不,看兰斯洛特。你看他多么干净利落。安格洛瓦尔被打落马下了。瞧,他朝王后走过去了。"

"普里阿摩斯会阻止他的!"

"普里阿摩斯……胡说!我们会胜利的,高文……我们会胜利的!"

那个大块头扭过身子,热情奔放地咧嘴而笑。

"'我们'是谁啊?"

"好吧……那就是'他们',你这个笨蛋。当然是兰斯洛特爵士了。他会胜利的。普里阿摩斯爵士过来了。"

"鲍斯爵士落马了。"

"没关系。他们立刻就会把他拉回马上的。他过来了,朝王后走过来了。啊,看啊!他竟然给她带了一件长衫和一件长袍。"

"没错,他真带了!"

"我的兰斯洛特绝不会让我的桂妮薇只穿着内衣暴露在众目睽睽之下。"

"他不会。"

"他正在把它们给她穿上。"

"她正在微笑。"

"愿上帝保佑他们俩。可是,啊,那些步兵啊!"

"一切都结束了,您可以这么说。"

"他不会造成不必要的伤亡的,在这一点上我们可以信任他。"

"在这一点上我们可以信任他。"

"马下的那个人是达玛斯吗?"

"对。达玛斯一直戴的都是红色的羽饰。我认为他们正在撤退。他们的速度真快啊!"

"桂妮薇上马了。"

号角声再次传入屋内,但这次是一种不同的调子。

"他们一定是要离开了。这是撤退的信号。上帝啊,上帝啊,看看这一团混乱吧!"

"我希望没有造成太多的伤亡。你能看得到吗?我们该去帮他们吗?"

"应该会死很多人。"高文说道。

"那些忠心的守卫啊。"

"至少有十二个。"

"我勇敢的将士啊!这是我的错啊!"

"除了我弟弟之外,我看不出这是哪个特定的人的错,而现在他已经死了。啊,他们最后的人都聚集到那里了。您可以看到人群最前面的王后的白色长袍。"

"我可以向她招手吗?"

"不。"

"那样做不得体吧?"

"是啊。"

"那好吧,我想我也不能这么做。不过,现在她就要走了,做点什么总是好的。"

高文转向他,欢喜之情溢于言表。

"亚瑟舅舅，"他说道，"您是一个伟大的人。我告诉过您，事情会解决的。"

"你也是一个伟大的人，高文，一个心地善良的好人。"

他们愉快地以古老的方式吻了吻对方的双颊。

"好了。"他们说道，"好了。"

"现在该干什么呢？"

"这个该由您发话。"

老国王上下打量着他，就像是搜寻着什么能做的事。衰弱的老态从他身上一扫而光。他的腰看上去挺直了一些，双颊泛着玫瑰色，眼睛周围的皱纹似乎都充满了笑意。

"我觉得我们首先应该好好喝点酒。"

"很好。叫侍从来吧。"

"侍从，侍从！"他在门口大喊道，"你究竟去哪儿了？侍从！过来，你这可恶的家伙，给我们拿点儿酒来。你刚才一直在干什么？看你的情人被烧死吗？你可真是让人失望啊！"

这个原本满心欢喜的孩子刚才楼梯爬上一半，现在他悻悻地应了一声，咯噔咯噔地再次下楼去了。

"那喝完酒之后呢？"高文问道。

亚瑟愉快地走回房间，搓着双手。

"我还没想。一定会有什么事发生的。或许我们可以让兰斯洛特道歉，或者做些类似的安排——到那时他就可以回来了。我们可以让他这么解释他在王后的房间的原因，就说王后派人来叫他是想付给他先前雇佣他出战莫利亚格雷斯的费用，而她并不想让任何人谈论付费这样的事。这样一来，他救她也就是理所当然的事情了，因为他知道她是无辜的。没错，我认为我们可以这样来作点安排。不过他们以后得约束好自己。"

不过，在舅舅的热情面前，高文的热忱却消失了。他盯着地板，话语十分缓慢。

"我怀疑……"他开口道。

国王看着他。

"我怀疑只要莫桀活着，我们永远无法将事情修补到先前那样。"

此时，有一只苍白的手掀起了门帘，一个幽灵般的人出现在门口，他穿着一半的盔甲，那只露在盔甲外面的手肘用吊带吊着。

"休想，"幽灵用悲情剧的完美台词说道，"只要我莫桀还活着。"

亚瑟惊讶地转过身。他审视了一番那双狂热的眼睛，接着关切地走向他。

"为什么，莫桀？"

"为什么，亚瑟？"

"别用这种语气跟国王说话。你怎么这么大胆子？"

"那你就别跟我说话。"

那沉闷的声音让国王走到一半时停了下来。此刻，他已恢复了常态。

"好啦，"他和蔼地说道，"我们都知道，这是场可怕的屠杀。我们从窗户上都看到了。可是，你舅妈平安无事，这无疑是件好事啊，而且所有的司法程序都满足了……"

"这是场可怕的屠杀。"

这个声音像个自动机一样重复着他们的话，不过话中也大有深意。

"那些步兵……"

"废物。"

高文瞬间转向他的同母异父弟弟，整个身子都转了过去。

"莫桀，"他问道，带着一种令人讨厌的口音，"莫桀,你是在哪里离开加雷恩爵士的?"

"我是在哪里离开他们两个的?"

那个红头发的男人开始激动起来,语速也变得很快。

"别模仿我!"他大喊道,"别像个鹦鹉一样叫唤。快说他们在哪里。"

"你去找他们吧,高文,就在广场上的那堆人里。"

亚瑟开口道:"加雷恩和加荷里斯……"

"正躺在市场上。要辨认出他们很难,因为鲜血横流。"

"他们没受伤吧,对吗?他们没穿盔甲,没有人伤害他们吧?"

"他们死了。"

"胡扯,莫桀。"

"胡扯,高文。"

"可是他们没穿盔甲啊。"国王表示异议。

"他们是没穿盔甲。"

高文用一种可怕的铿锵有力的语气说道:"莫桀,如果你是在说谎……"

"……正派的高文将会杀死自己的最后一个亲人。"

"莫桀!"

"亚瑟!"他应答道。他转向他,脸色看起来如石头一般,狂暴地混合着怨恨、漠然和痛苦。

"如果这是真的,那就太可怕了。有谁会想杀死加雷恩?而且他没穿盔甲啊!"

"谁?"

"他们根本就没想战斗。他们去那里只是为了出现在现场,因为我让他们这么做。而且,兰斯洛特是加雷恩最好的朋友,这个孩子与班威克家族关系一直很好。这看起来是不可能的。你确定你没弄错?"

高文的声音突然充满了整个房间:"莫桀,谁杀死了我的两个兄弟?"

"究竟是谁?"

他怒气冲天地朝那个驼背冲了过去。

"除了兰斯洛特还有谁?我的强壮的朋友。"

"骗子!我必须去亲自看一看。"

他跌跌撞撞地出了房间,仍然是急匆匆的,就像刚才朝兄弟冲过去那样。

"可是,莫桀,你确定他们死了?"

"加雷恩的头顶被削掉了!"他漠然地说道,"脸上带着惊讶的表情。加荷里斯没有表情,因为他的脑袋瓜被劈成了两半。"

国王更多的是困惑而不是震惊。他用一种疑惑而悲伤的语气说道:"兰斯不会这么做的。他认识他们……他喜爱他们。他们没带头盔,所以他能认得出他们。是他加封加雷恩为骑士的。他绝不会做出这样的事。"

"当然不会。"

"可是你说他做了。"

"这一定是弄错了。"

"这一定是弄错了。"

"你什么意思?"

"我的意思是说,纯洁而无畏的湖上骑士在您的允许下给您戴了绿帽子,现在又抢走了您的妻子,在离开之前,还不忘杀死我的两个兄弟自娱,而且他们都未穿盔甲,都是他亲爱的朋友。"

亚瑟在长椅上坐了下来。那个小侍从此时带着他们要的酒返回,他首先向他鞠了两个躬。

"您要的酒，陛下。"

"把它拿走。"

"陛下，管家卢坎爵士说，他能不能去帮忙把伤员抬进来？还有，陛下，这里有没有亚麻绷带？"

"去问贝德维尔爵士。"

"是，陛下。"

"侍从，"在男孩儿要离开的时候，他叫道。

"陛下？"

"伤亡有多少？"

"他们说死了二十个骑士，陛下。'高傲者'贝里恩斯爵士、塞格威迪斯爵士、葛瑞费特爵士、布兰迪勒斯爵士、安格洛瓦尔爵士、托尔爵士、高特爵士、基利默尔爵士、雷诺德爵士的三个兄弟、达玛斯爵士、普里阿摩斯爵士、'陌生者'凯伊爵士、德莱特爵士、兰博古斯爵士、赫姆德爵士、佩提洛佩爵士。"

"没有加雷恩和加荷里斯？"

"我没听到他们的消息，陛下。"

此时，那个山一般的红发男人放声哭泣着，仍旧以急匆匆的步伐回到了房内。他像孩子般地跑向亚瑟，啜泣道："是真的！是真的！我找到一个人，他看到了事情的经过。可怜的加荷里斯和我们的小兄弟加雷恩——他杀了他们两个，他们可是没穿盔甲啊。"

他跪倒在地上，将自己沙白色的头埋进老国王的披风里。

第九章

六个月之后一个晴朗的冬日，快乐园已被重重围困。阳光与北风呈直角照射着大地，使得垄沟的东侧都结满了白霜。城堡外，椋鸟和田凫在枯草中急切地觅食，落叶树光秃秃地立着，看上去就像是一幅静脉或神经系统图，牛粪敲上去像木头一样梆梆直响。一切都带着冬天的色彩，褪色的青苔就像是在阳光下被暴晒了好几年的绿色天鹅绒靠垫，静脉般的树就像靠垫一样，树干上也有层细毛，针叶树到处拉起它们那庄严肃穆的帷幔，冰雪在坑洼里和护城河上爆裂。在这一切中，快乐园兀自矗立，构成了一幅在惨淡阳光下的美景。

兰斯洛特的城堡并不森严恐怖。亚瑟即位时的那种老式堡垒已被华丽的防御设施取代，如今你很难想象。你千万不能把它们想象成我们今天看到的那种灰泥从砖石间剥落的废弃要塞。这些防御设施都被涂上了厚厚的灰泥，而且灰泥中掺入了铬黄，所以会带有淡金色。塔楼乃用石板砌成，呈法式的圆锥形，它们密集在错综复杂的城垛上，拥有上百个出乎人意料的通气口。有几座古怪的桥像叹息桥①一样被覆盖得严严实实，

---

① 叹息桥（Bridge of Sighs），指意大利威尼斯叹息桥，位于意大利威尼斯圣马可广场附近，是公爵府侧面的一座巴洛克风格的石桥。叹息桥的两端连接法院与监狱两处，死囚通过此桥之时，常是行刑前的一刻，因感叹即将结束的人生而得名，是威尼斯最著名的桥梁之一。它是密封式的拱桥建筑，由内向外望只能通过桥上的小窗子。

从这个小礼拜堂通向那座高塔。那些室外楼梯通向天才知道的地方——或许正是通向天堂。烟囱突兀地从堞口伸出。真正的彩绘玻璃高高在上，无忧无虑，在原本是一片空白的墙壁上闪烁着光芒。方旗、耶稣受难像、石像鬼、喷水嘴、风信鸡、尖顶和钟楼都拥挤在突出的屋顶上——这些屋顶向四面延伸，有时铺着红瓦，有时是长满青苔的石头，有时则铺的是石板。这个地方是一个市镇，而非城堡。它是松软的油酥点心，而非老洛锡安未发酵的坚硬面包。

这座快乐城堡的外围是围城者的营地。在那个时代，国王出征时要带上自己家族的锦旗，这些锦旗通常可以作为判断营地类别的一项标准。帐篷有红色、绿色、方格纹、条形纹，有些则是丝质的。色彩与备用索，帐篷桩与长矛，下棋者与军中小贩，挂着绣帷的室内与金制餐具，所有这一切使营地成为一个迷宫般的所在，亚瑟就坐在这个迷宫中，想要把他的朋友困到饿死。

兰斯洛特和格温正站在大厅内的炉火边。房间中央的炉火已不再红亮，这样烟正好能最大程度地通过灯笼式的天窗散发出去。这是一个独特的壁炉，上面雕刻着精美的班威克家族和支持者的纹章，有半棵树正在炉栅上闷烧。外面的冰雪使得地面对于马匹来说太过湿滑，所以虽然没有正式宣告，但今天是一个停战日。

桂妮薇正在说话："我想不出你怎么会那么做。"

"我也想不出，珍妮。要不是人们都那么说，我都不知道自己真做了这样的事。"

"我觉得是我太兴奋了，而且还担心你。一群人在我面前挥舞着武器，还有一些骑士想阻止我。我必须杀开一条路。"

"这看上去不像你。"

"你不会认为我是故意的，对吧？"他苦涩地回答说，"加雷恩对我的喜爱要更甚于对他的几个兄弟。我几乎可以称得上是他的教父。啊，看在上帝的份上，别说这个了。"

"不必介意。"她说道，"我敢说，他要是不参与进来的话，那结果也就不会这样了，可怜的人儿。"

兰斯洛特若有所思地踢了踢那根圆木，他一只胳膊搁在壁炉台上，望着白热的灰烬。

"他有着蓝色的眼睛。"

他停了下来，在火光中想象着那双眼睛。

"他刚来宫廷的时候，不愿说自己父母的名字。因为他起初为了来这里，离家出走了。他的母亲跟亚瑟有矛盾，那个老女人憎恨他来这里。但他不能不来。因为他想要浪漫，想要骑士精神，想要荣誉。所以他跑到了我们这里，但不愿说他的来历。他没要求骑士的头衔。对于他来说，来到这个伟大的都城就已经足够了，直到后来他证明了自己的力量。"

他把一根斜出来的树枝推了回去。

"凯伊把他带到厨房工作，还给他起了个绰号：'伯曼斯'——'漂亮的手'。凯伊总是恃强凌弱。后来……这似乎是好久之前的事了。"

他们就那样站着，两个人都把手肘搁在壁炉台上，脚伸向炉火，在这静默中，烧尽的灰无声地飘落。

"我有时候会给他一些小费，让他给自己买点小东西。'伯曼斯'在厨房听差。由于某种原因，我非常喜欢他。是我亲手加封他为骑士的。"

他带着难以置信的表情看着自己的手指，像以前从未见过它们似的活动了几下。

"文雅的加雷恩，"他几乎以一种惊愕的语气说道，"我竟然用同一双手杀死了他，而且是因为他拒绝穿上盔甲与我为敌。人是多么可怕的生灵啊！当我们走过田野，看到一朵漂亮的花时，会一棍子敲掉它的头。加雷恩就是以这种方式去的啊。"

桂妮薇悲伤地握住了他那只有罪的手。

"你也是没有办法。"

"我**应该**有办法。"他正处于他惯常的那种宗教般的痛苦中，"这是我的错啊。你说得对，这一点都不像我。这是我的错，我的错，我的弥天大错。就因为我在人群中乱打乱砍啊。"

"你得救人啊。"

"是的，但我本可以只与那些全副武装的骑士们对战。可我没有这么做，我对那些半武装的步兵们乱打乱砍，他们可是一点儿机会都没有啊。我从头到脚都穿着盔甲，而他们只穿着硬皮甲，那只是一种皮革加尖头的东西。可是我还是朝他们砍杀了，于是上帝为此惩罚我。因为我忘记了我的骑士身份，所以上帝就让我杀死了加雷恩，还有加荷里斯。"

"兰斯！"她尖厉地说道。

"现在我们处在这种炼狱般的痛苦中。"他不听她的话，继续说道，"现在我不得不与我自己的国王作战，是他加封我为骑士，教导了我所知道的一切啊，我怎么能与他对抗？我又怎么能跟高文对抗？我可是杀了他的三个兄弟啊，我怎么还能再增加我的罪行？可是高文是永远也不会放过我了。他现在永远都不会原谅我了。我不怪他。亚瑟可能会原谅我们，但高文不会让他这么做的。当除了高文没人还想打仗的时候，我却像个懦夫一样被困在这个洞穴里，而且他们还吹着号角来到外面，唱那羞辱我的歌：

叛徒骑士

出来一战

嘿呀！嘿呀！嘿呀！"

"他们唱什么并没有关系，他们唱了并不会让你成为懦夫。"

"而且我的人也开始有了这样的想法。鲍斯、布拉莫尔、布雷欧贝里斯、莱昂内尔——他们老是请求我出去作战。可是当我真的出去了，会发生什么？"

"据我目前的了解，"她说道，"一直在发生的事情是，你打败了他们，然后放走他们，恳求他们撤军。每个人都对你的仁慈尊敬有加。"

他把头藏进了胳膊弯里。

"你知道上一次战斗发生了什么吗？鲍斯与国王本人进行了马上拼刺，最后将国王击落马下。他从马上跳下，抽出剑站到亚瑟面前。我看到了这一幕，疯了一般地狂奔过去。鲍斯说：'我可以结束这场战争吗？'休得鲁莽，'我大喊道，'否则以取汝项上人头论处。'所以我们后来又将亚瑟扶回了马上，我恳求他，跪下来恳求他撤军。亚瑟开始哭了起来，眼睛里满是泪水，但他只是看着我，没说一句话。他看上去更老了。他并不想与我们作战，是高文让他这样。高文曾经是站在我们这一边的，但我犯下了罪恶，杀死了他的两个兄弟。"

"忘掉你的罪恶吧。说到底是高文的坏脾气和莫桀的狡诈。"

"如果只是高文的原因，"他哀叹道，"我们还会有和解的希望。他从内心里说是个正派的人，他是一个好人。可是莫桀总是唆使他，给他暗示，让他痛苦。而且这里面还有盖尔和戈尔两族之间的宿怨，莫桀的新教团。我看不到尽头。"

王后第一百次提出先前提过的建议:"如果我跟亚瑟一起回去,任由他处置,会不会有点用处?"

"我们已经这样请求过,但他们拒绝了。再提这个不会有什么用处,毕竟他们可能还会烧死你。"

她离开壁炉,缓慢地朝窗户上的那个巨大窗洞走了过去。外面,包围工事在下面延伸开去,敌营一些士兵的微小身影正欢乐地在结冻的池塘上玩着'狐狸与鹅'的游戏,他们摔倒时发出的笑声清晰地从远处传了上来。

"每当战争发生,"她说道,"被杀的总是那些不是骑士的步兵,但却没人注意这一点。"

"总是这样。"

她没转身,继续说道:"我觉得我要回去了,亲爱的,我得冒险一试。即便我被烧死,那也比困在这样的'麻烦'中要好。"

他跟着她走向窗户。

"珍妮,我会跟你一起走,如果有用的话。我们可以一起回去,让他们砍掉我们的头,如果这样能给结束这场战争带来希望的话。但是现在每个人都已经疯了。即便我们交出自己,但如果我们俩被杀死,那鲍斯、埃克特还有其余的人还是会将仇恨继续下去。此外还有成百的争端正在进行中,有的是为了那些在市场上和楼梯上被杀死的人,还有的是为了亚瑟过去这五十年中发生的事情。很快我就将无法控制他们,目前的情况也是如此。赫伯·勒雷诺蒙斯,'勇士'维利尔斯,匈牙利的乌瑞,他们将开始为我们报仇,到时候一切将会变得更加糟糕。乌瑞对我有一种可怕的感激之情。"

"教化看起来已经变得疯狂错乱。"她说道。

"是的,而且似乎是我们让它变成这样的。鲍斯、莱昂内尔和高文都受伤了,每个人都变得如此嗜血。我必须带着我的骑士们出击，四处冲锋，假装出是在主动攻击，这样的话，或许有人会敦促亚瑟与我作战，否则高文就会来，那样的话，我就必须用盾牌护住自己的身体，只能防守，不能有任何的还击。有人注意到了这一点，说我没有全力以赴，拖延了战争，而这让他们的境况更加糟糕。"

"他们说的是事实。"

"当然是事实。可是不这样的话我只能是杀死亚瑟和高文，我怎么能下得了手？要是亚瑟愿意将你带走，并答应撤军，那也许情况会比现在好一点。"

要是二十年前，她可能会为这样笨拙的提议大发雷霆。但此刻她却被逗乐了，这足以看出他们已经步入了生命之秋。

"珍妮，这么说或许有点可怕，但这是事实。"

"当然是事实。"

"我们就像对待一个傀儡一样对待你。"

"我们都是傀儡。"

他把头靠在窗洞冰凉的石头上，直到她抓起他的手。

"别再想了。就这样待在城堡里，耐心一点。或许上帝会垂青于我们的。"

"你之前说过一次。"

"是的，在我们被抓的两个星期前。"

"即使上帝不会，"他苦涩地说道，"我们还可以向教皇发出请求。"

"教皇！"

他抬起了头。

"你什么意思？"

"啊，兰斯，照你说的……如果教皇向我们双方发出诏令，说如果我们不达成协定就开除我们的教籍呢？如果我们请求教皇的裁决呢？鲍斯和其他的人将不得不接受这样的裁定。

当然……"

在她选择词句的时候,他仔细打量着她。

"他可以任命罗切斯特主教来主持和平条件的谈判……"

"可是谈什么条件?"

但是她已抓住了自己想法的要点,而且为此正在兴头上。

"兰斯,无论是什么条件,我们俩都必须接受。即使它们意味着……即使它们对我们不利,但它们对人们将意味着和平。而且我们的骑士们将没有理由将仇恨继续下去,因为他们必须得听从于教会……"

他什么话都说不出来。

"嗯?"

她转向他,脸上带着镇静和宽慰的表情——女人只有在做看护或其他具有成就感的事情时有这种自信,毫不做作的表情。他不知该怎么回答她。

"我们可以派出一名信使。"她说道。

"珍妮!"

他无法忍受的是,她竟会允许自己被从一个人手中转到另一个人手中,或许他无法忍受的是他们已不再年轻,或者是他将会失去她,或者是他将不会失去她。他在人们的生命、他们两个的爱情和他古老的信仰之间艰难地作着选择,但除了羞辱,他已一无所有。她看出了他的心思,于是善解人意地来帮助他。她温柔地吻着他。外面,每日的合唱又开始了:

叛徒骑士
出来一战
嘿呀! 嘿呀! 嘿呀!

"好了，"她说道，轻抚着他的白发，"不要听他们的。我的兰斯洛特必须待在城堡里，而且我们会有一个美好的结局。"

第十章

"你是说教皇陛下为他们讲和了?"莫桀恶狠狠地说道。

"对。"

高文和他正在司法室里等待着谈判最后几个阶段的到来。他们俩都身着黑衣——不过他们之间却有一种奇怪的差异——莫桀看上去显眼夺目,有点像哈姆雷特,而高文却看上去像个掘墓人。自从他成为一个民众教团的领导以来,他的穿着就戏剧性地变成了这样的简单装束。这些人的目标是某种国家主义,就是获得盖尔族的自治权,还有就是对犹太人的屠杀,以作为对那位传说中的圣徒林肯的休①的报复。他们的人数已经达到数千,遍布于整个国家,他们都佩戴着他的徽章:一只血红色的手紧握一根鞭子,并且称自己为"鞭笞者"。而对于这个年长的男人来说,他穿这套制服只是为了取悦他的弟弟,那是一种朴素的黑色,一种代表最真最沉痛哀悼的黑色。

"真没想到,"莫桀继续说道,"要不是因为教皇,我们就永远不可能有这个漂亮的游行,每个人都拿着橄榄树枝,那一对清白的情人身穿白衣。"

---

① 林肯的休(Hugh of Lincoln, 1135? ~1200年),是一位罗马天主教教士,以苦行生活而著称。1175年,他作为亨利二世的顾问去往英国。1186年,他成为林肯的主教。休捍卫教会的权力与理查德一世对抗,并以他的慈善而闻名。1220年,他被宣布为圣徒。

"是一次好的游行。"

高文的脑子没有跟得上他的讽刺的路数,所以他把嘲讽当成了事实陈述:"安排得很好。"

这位年长的兄弟不由自主地动来动去,就好像想要找一个舒服的姿势,但最后他还是恢复到了最初的姿势。

他含糊地说道,几乎看起来既像发问又像请求:"兰斯洛特在信里说,他是误杀了加雷恩。他说他没看见他。"

"这就像说,兰斯洛特对不穿盔甲的人乱杀乱砍,而不先看他们是谁。他可是一向以此著称啊。"

这一次,他话中的讽刺意味太过明显,连高文都听了出来。

"我觉得这个看起来不太可能。"

"可能?当然不可能。那可不是兰斯洛特的风格。他是一个英勇的骑士,总是宽恕别人——从来不杀比他弱的人。这也正是兰斯洛特受欢迎的秘诀。你觉得他会突然放下他的这种姿态,不管不顾地开始杀死一个没穿盔甲的人吗?"

带着一种想尽力做到公平的可悲努力,高文说道:"他似乎没有理由要杀死他们。"

"理由?加雷恩是我们的兄弟吧?他杀他们是一种报复行为,向我们家族报复,因为是我们家族的人抓到了他跟王后在一起。"

他更加细致地补充道:"还因为亚瑟喜欢你,所以他妒忌你的影响力。他的目的很清楚,就是想削弱奥克尼家族。"

"他最后削弱的是他自己。"

"除此之外,他还嫉妒加雷恩。他担心我们的兄弟会分走他原本独享的东西。我们的加雷恩在效仿他,而这并不合这位英勇骑士的本意。你不可能同时有两个无可指摘的骑士。"

司法室已做好了举行最后仪式的准备。由于房间内只有两个人,所以看上去有点沉闷无趣。他们两个以一种奇怪的方式坐在王座的台阶上,一个在前一个在后,也就是说他们并没有看着对方的脸,而是莫桀看着高文的后脑勺,高文看着地板。他有些哽咽地说道:"他是我们几个中最好的一个。"如果此时他很快地转过身去,他会为莫桀看自己的那份专注惊诧不已。这张年轻的脸与他音乐般的嗓音格格不入。如果你能看得仔细一点,你可能会注意到,莫桀的行为举止在过去的六个月变得更加怪异了。

"亲爱的兄弟,"他说道,"可是却被一个他崇拜的人杀了。"

"它教会我永远不要信任南方人。"

莫桀用一种令人不易觉察的强调语气,改变了原来的代词。

"是的,它教会了我们。"

这个年老而专横的人转过身来。他抓起那只白色的手紧紧握住,话语间带着困惑。

"我一直认为这是阿格莱瓦在从中作梗——阿格莱瓦和你。我认为你对兰斯洛特太过偏见。现在我真是惭愧。"

"血浓于水。"

"没错,莫桀。一个人可能会大谈理想,也可能会大谈何谓对与错以及诸如此类的事情,但最后他还是要回到自己的亲人们当中。我记得加雷恩以前经常去牧师在悬崖边上的小果园里偷……"

他的声音无力地小了下去,直到那个瘦弱的男人给了他一些提示。

"他还是小男孩儿的时候,头发就几乎变白了,很是漂亮。"

"凯伊以前叫他'漂亮的手'。"

"那是一种侮辱。"

"对,不过也确实如此。他的双手太漂亮了。"

"而现在他却躺在自己的坟墓里。"

高文涨红了脸,一直红到眉宇之间,太阳穴青筋暴起。

"让上帝诅咒他们!我不会要这种和解。我不会原谅他们。亚瑟国王为什么要设法平息此事?又关教皇什么事?是我的弟弟被屠杀了,而不是他们的兄弟,啊,全能的上帝啊,我要复仇!"

"兰斯洛特将会从我们的指缝间溜走,他是个油滑的人,不太容易抓住。"

"溜不走的,我们这次抓定他了。康沃尔家的人宽恕得太多了。"

莫桀在台阶上挪了挪身子。

"你是否曾想过圆桌骑士对康沃尔家族和奥克尼家族所做的事?亚瑟的父亲杀了我们的祖父,亚瑟引诱了我们的母亲。兰斯洛特除杀死弗洛伦斯和拉夫尔之外,还杀了我们的三个兄弟。而我们却待在这里,出卖着我们的荣誉,为的是让这两个英格兰人达成和解。这看起来很懦弱吧?"

"不,不懦弱。虽然教皇强迫国王迎回王后,但他的诏令中并没有关于兰斯洛特的一字一词。我们给了他一个庇护,好让他能把那女人带来,我们也会让他走。但,在这之后……"

"到现在了,我们怎么还能让他从我们身边逃走?"

"因为他有通行许可令。看在上帝的份上,莫桀老弟,我们可是有骑士身份的人!"

"我们绝对不能堕落到采用肮脏手段的地步,即使对我们的敌人这么做也不行。"

"对,很对。我们要让法律来惩处这头野猪,将他追究至死。亚瑟正在走向失败——他会按我们的意愿去做的。"

"这整件事情一开始,"莫桀说道,"可怜的国王似乎就失去了控制局势的能力,这可真是让人难过啊。"

"对,是令人难过。不过他分得清是非。"

"这对他来说是一种改变。"

"你是说失去他的权力吧!"

"你猜得还真是快。"

他挖苦起人来就跟戏弄一个瞎子一样容易。

"他不可能面面俱到。他一开始就不应该对那个叛徒那么偏爱。"

"也不应该娶格温。"

"对,这是他们的错。并不是我们想要挑起争端。"

"确实不是我们。"

"国王必须维护法治。即使教皇陛下会让他把那个女人重新带回到他的床上,我们还是完全有权利追究兰斯洛特。老弟,从他带走王后和杀死我们兄弟的那时候起,他就犯下了叛国的重罪。"

"我们完全有权利。"

那个魁梧的男人再次抓起另一个的手——一只苍白的手被握在掘墓人般粗硬的手里。他艰难地开口道:"孤独一人将会让人痛苦不堪啊。"

"我跟你是同一个母亲啊,高文。"

"对!"

"而且她也是加雷恩的母亲……"

"国王驾到。"

和解仪式已经到达最后几个阶段。随着庭院里吹响的号角声,教会和政府的显要人物开始慢慢地从楼梯走了上来。侍臣、主教、传令官、侍从、法官和观众走进来时都互相私语着。这个用挂毯围起来的立方空间刚才还像一个空空如也的花瓶，但他们的到来立刻让它开满了鲜花。这些鲜花中有脸上长白斑的贵妇人，她们的头饰看上去有的像一轮新月，有的像一个圆锥，还有的像《爱丽丝漫游奇境记》中那位公爵夫人所戴的惊人头饰。她们身穿腰身高到腋窝以下的亮丽紧身上衣、长裙和平滑长袖，布料用的是塔夫绸或来自黎波里的驼绒，另外还佩戴着玫瑰形的饰物，这些娇弱的生物带着没药[①]和蜂蜜的香气——她们用这些东西来清洗自己的牙齿——游走到她们的座位上。他们的求爱者——都是些走在潮流前端的年轻侍从，他们中的很多人都戴着莫桀的"鞭笞者"徽章——装腔作势地穿着他们的长趾鞋前来，但却根本上不了楼，最后不得不把鞋子脱在楼底下，由他们的随从给他们带上去。这些年轻人给人留下的最大印象是他们穿着长筒袜的腿——甚至还有必要通过一项节约法令，坚决主张他们的外套应该长到足以盖住他们的屁股。那些责任重大的议员都戴着很奇特的帽子，它们中有些像茶壶的保温罩、穆斯林的头巾、某种鸟的翅膀或某种毛皮袖套。这些人的长袍都打了摺，装有垫料，有着高高的轮状皱领、肩章和镶有钻石的皮带。教堂执事们戴着整洁的无沿小便帽，为的是保持头上被剃光处的暖和，他们穿着朴素，与世俗之人形成鲜明对比。一位到访的红衣主教戴了一顶极为华美的带流苏的帽子，这顶帽子至今仍然装饰着牛津大学沃尔西学院[②]的便签。这里还有各式各样的毛皮，其中包括一个对黑色和白色羊羔毛作的巧妙安排——缝成对比色的菱形。这些人吵闹着，就像是一群椋鸟。

这是仪式的第一部分。第二部分以较近的号角发出的信号

[①] 没药（myrrh），古代西方最重视的香料和药膏，以波斯、阿拉伯及非洲东北地区最为著名，味芳烈而苦。
[②] 沃尔西学院（Wolsey's College），即牛津大学基督教堂学院，它是1546年由红衣大主教沃尔西创办的，前面所说的红衣主教即为沃尔西。

开始。接着便来了几个西多会修士、秘书、执事和其他的宗教人员，他们都身背用黑刺李树皮制成的墨水、羊皮纸、细沙、印玺、笔和一种抄写员在书写的时候习惯于拿在左手上的小刀。他们还带着账板①和上次会议的议事录。

第三个部分是罗切斯特主教，他受命成为罗马教廷大使。虽然他把他的华盖放在了楼下，但他进来时，罗马教廷大使的风范尽显无遗。他是一个满头银发的老人，身着长袍，外套白麻布圣衣，手执权杖，戴着戒指——履行教会职责的他彬彬有礼，通晓精神的力量。

最后，号角声在门口响起，英格兰国王走了进来。他披着一件沉重的白鼬毛皮，它包住了他的双肩和左臂，最后在右臂垂下一条细带，他身穿蓝色的天鹅绒披风，头戴一顶极其壮观的王冠——这顶王冠沉重而威严，而且由几名胜任的官员一路扶着。他被引向高台上的王座，王座的金色华盖刺绣着跃立的红龙——此刻，人群自动让开了一条路，露出了迎接他的高文和莫桀。他在别人带他止步的地方坐了下来。站着的罗马教廷大使接着也在对面悬挂着白色和金色装饰的座位上坐了下来。原来的嗡嗡声平息了。

"我们可以准备开始了吗？"

罗切斯特那教士般的声音缓解了当下的紧张气氛：

"教会已就绪。"

"政府也已就绪了。"

这是高文漫不经心的声音，带着些许攻击的味道：

"在他们进来之前，我们还有什么事需要安排的吗？"

---

① 账板（tally-stick），16世纪以前的英国的记账法。在一个长条的木板上刻有缺齿计数：连在一起小齿的个数表示个位数，连在一起的中齿个数表示十位数，连在一起的大齿个数表示百位数。例如表示"128"，就是在木条上分别刻一个大齿，两个中齿，八个小齿。

"都已经安排得很好了。"

罗切斯特将目光转向奥克尼的领主。

"我们得谢谢高文爵士。"

"不客气。"

"既然这样,"国王说道,"我想我们该告诉兰斯洛特爵士,法庭已等着他的到来了。"

"贝德维尔老弟,差人将犯人带进来。"

值得注意的是,高文一直在代表国王发号施令,而亚瑟竟也让他这么做了。不过罗马教廷大使没那么顺从。

"等一下,高文爵士。我必须指出,教会并不将这些人视为犯人。我此行代表教皇陛下的使命是来讲和,而不是复仇。"

"教会可以随它的喜好去看待这些犯人。我们现在做的正是教会要求我们做的事,但我们想依照我们自己的那套蹩脚的习俗来做。将犯人带上来。"

"高文爵士……"

"为王后陛下吹起号角。法庭现在开庭。"

在像是糟糕仪式上发出的音乐和外面与之相和的音乐声中,屋里所有人的头都转向门口。

伴随着一阵丝绸和毛皮摩擦发出的沙沙声,人们小步移动着让出一条狭窄的通道。在已打开的拱门处,兰斯洛特和桂妮薇正等待着指示。

他们看上去有点可悲,就好像他们为了伪装自己作了装扮,但那身装扮却并不那么得体。他们穿着白色的衣服,披着金色纱衣,不再年轻和美丽的王后手里很不优雅地拿着一根橄榄枝。他们羞怯地从那条狭窄通道里走下,一如那些怀着善意的演员——他们想尽力做到最好,但其实并不擅长于演戏。他们在王座前跪了下来。

"我最可敬的国王。"

这个整齐统一的举动被莫桀看在眼里。

"真是迷人啊！"

兰斯洛特转向那位兄长。

"高文爵士。"

奥克尼人转身背对着他。

他转向教会的代表。

"罗切斯特大人。"

"不用客气，我的孩子。"

"我遵照国王和教皇的命令，将桂妮薇带了回来。"

紧随其后的是一阵尴尬的沉默，没有人敢接他们的话。

"如果没人回应，那么我愿担负起证实英格兰王后清白的职责。"

"骗子！"

"我来此地，愿以性命证言，王后对国王诚实、忠诚、端正而清白，为此我愿接受除国外和高文爵士以外任何人的挑战。提出此项建议乃我对王后的义务。"

"教皇让我们接受你的建议，兰斯洛特。"

这种在房间内不断增长的悲怆气氛第二次被奥克尼一派打断。

"呸！还说这些冠冕堂皇的话！"高文叫道，"王后吾等尚可宽恕，但至于汝，虚伪叛徒骑士，为何杀吾之兄弟，汝岂不知他爱汝胜过吾之所有亲人？"

这两个伟大的人都不知不觉用上了骑士之语，很符合现在的场合和他们心中的苦楚。

"上帝作证，我并无为自己开脱之意，高文爵士。我宁愿杀死我的侄子鲍斯爵士。但我真的并未看清他们，高文，而且我已为此付出了代价！"

The Candle in the Wind

"你的所作所为是对我的奥克尼家族的无视!"

"你这么想,"他说道,"让我从心底更加懊悔,高文爵士大人,因为我知道,如果你跟我对抗,我就永远也无法与国王和解。"

"说真心话,兰斯洛特老兄。你能将王后带来是因为你有通行许可令和给你的庇护,但你必须离开这里,因为你是一个谋杀犯。"

"如果我是一个谋杀犯,那就让上帝来宽恕我,大人。但我从未犯下叛国的谋杀罪行。"

他意在证明自己的清白——但别人想的却更多。高文一边拍打自己的匕首,一边叫道:"我明白了你的意思。你是说兰马洛克爵士……"

罗切斯特主教举起自己的手套:"高文爵士,我们可以把这些争辩留到以后吗?我们现在的当务之急是迎回王后。兰斯洛特爵士无疑是想对这个问题先作一个解释,这样教会才能在这件事情的和解上有合理的依据。"

"谢谢,大人。"

高文恶狠狠地盯着他,直到国王那疲倦的声音催促和解仪式继续进行。他们就这样笨拙地行进着,不时会因意外的情况停下来。

"你被抓到跟王后在一起。"

"陛下,有人传令我到我的女士,也就是您的王后那里去,但我不知道是为了什么事情。可是我没进门多久,阿格莱瓦爵士和莫桀爵士便来敲门,说我是叛徒、虚伪的骑士。"

"他们说你说得没错。"

"高文爵士大人,在那次争端中他们已经证明自己错了。我是在为王后说话,而不是为了我个人的名誉。"

"得了,得了,兰斯洛特爵士。"

残缺骑士转向他的老朋友,第一个他长久以来一直深爱着的人。他不再用骑士之语,而是换成了日常的语言。

"我们不能被宽恕吗?我们不能再做朋友了吗?我们回来是为了赎罪的啊,亚瑟,而我们完全没有必要回来啊。您难道不记得那些过去的日子了吗?那时我们一起作战,以朋友相称。如果您愿意宽恕我们,所有这些麻烦都可以通过高文爵士的好意解决掉的。"

"国王会主持公道。"红发男人说道,"你怜悯过我的那几个兄弟吗?"

"我怜悯过你们所有的人,高文爵士。当我说这个屋子中的许多人都应该为他们的自由或者性命感激我时,我敢说我一点都没有吹嘘。我曾经在其他人的争端中为王后出战,为何不在因我而起的争端中为她而战?我也曾为你而战过,高文爵士,把你从一次不光彩的死亡中救了回来。"

"可是现在,"莫桀说道,"活下来的却只有两个奥克尼家族的人。"

高文突然把头向后一仰。

"国王可按他自己的意愿行事。但我从六个月前发现没穿盔甲的加雷恩倒在血泊中的那一刻起就心意已决。"

"我向上帝祈求,他要是穿着盔甲多好,因为那样他就能挡得住我的一击。他或许能杀了我,我们也就不用像现在这么痛苦了。"

"好高尚的说辞啊。"

那个老人突然激动地喊了出来,他想让所有愿听他说话的人听到:"你为什么会相信我想杀死他们?是我封加雷恩为骑士。我爱他。从我听到他死讯的那一刻起,我就知道你绝不会原谅我,我也知道那意味着希望的结束。杀死加雷恩爵士对我没有任何好处啊!"

莫桀低语道："它伤的是我们的心。"

兰斯洛特试着做最后的劝服。

"高文，原谅我。我的心为我所做的事流血。我知道你有多痛苦，因为我也一样的痛苦。如果我愿意赎罪，你能不能给我们的国家一个和平呢？别让我为我个人的生死而战，让我为加雷恩开始一次朝圣吧！我将会只穿衬衣从桑威奇①出发，光着脚走到卡莱尔②，我将每隔十英里路为他捐赠一个教堂。"

"加雷恩的血，"莫桀说道，"我们认为是无法用捐赠教堂来还清的——无论它能让罗切斯特主教多高兴。"

老骑士终于失去了耐心。

"住嘴！"

高文的怒火顿时燃烧了起来。

"说话礼貌点，你这个杀人的侏儒，否则一剑将你刺死在国王的脚下！"

"那需要更多的……"

罗马教廷大使再次介入。

"兰斯洛特爵士，拜托了。无论如何，让我们控制自己的脾气，保持体面。高文爵士，请你坐下吧。兰斯洛特提出用赎罪的方式来偿还加雷恩的鲜血，通过这个方式你们之间的战争也可停止。给我们你们的答复吧。"

在随后可预料的沉默中，那个红发男人提高了语调：

"我已经听到兰斯洛特爵士的说辞和他那伟大的提议了，但是他杀死了我的兄弟。我可能永远都无法原谅他，尤其因为他对加雷恩爵士的背叛。如果这合我舅舅亚瑟国王的意，同意与他和解，那我和所有的盖尔人将不再侍奉国王。不管我

---

① 桑威奇（Sandwich），英国英格兰东南部港市。
② 卡莱尔（Carlisle），英国英格兰西北部城市。

们如何谈论这件事,我们都已知道真相。无论是对国王还是对我自己,这个人都是一个不折不扣的叛徒!"

"叫我叛徒的人没有活着的了。关于王后的事我已经解释得很清楚了。"

"这事我们已经解决了。如果说含沙射影地暗示这个女人做过什么事不是正派的行为,那我从来没做过这样的暗示。我说的是你该受到什么样的判决。"

"如果那是国王的判决,我接受。"

"在你来之前,国王就已经同意我的意见了。"

"亚瑟……"

"用国王的头衔跟他说话。"

"陛下,这是真的吗?"

但那个老人只是点了点头。

"至少让我听到这是国王亲口说的!"

莫桀说道:"说吧,父亲。"

他摇着头,就像一只饱受折磨的熊。他摇头的动作如熊摇头时那般沉重,但他却不肯从地板上抬起自己的目光。

"说吧。"

"兰斯洛特,"他说了这番话,"你知道这些事实真相是如何地阻挡着你我。我的圆桌已崩溃,我的骑士不是离开我,就是已死去。我从来不想与你发生争执,兰斯,你也不想这样。"

"可是我们不能结束这件事情吗?"

"高文说……"他无力地开口。

"高文!"

"法治……"

高文站了起来,看上去既狡猾,又强壮而高大。

"我的国王,我的陛下,我的舅舅。法庭是否同意让我宣判这个不忠的叛徒？"

房间内变得寂静无声。

"那所有人都听清楚了，这是国王的命令。王后将回到他身边，并拥有跟以往同样的自由，且不会为以往的揣测之事承担任何风险。这是教皇的意愿。但是汝，兰斯洛特爵士，不折不扣的叛徒，汝已被逐出本王国，限汝在十五日之内离开；而且，以上帝的名义，吾等在此之后将紧随汝，摧毁汝在法国最坚固之城堡。"

"高文，"他痛苦地请求道，"别赶我。我接受放逐的判决。我将生活在我法国的城堡。可是别赶我，高文。别让战争无休止地进行下去。"

"把那里留给比你更好的人吧。这些城堡都属于国王。"

"如果你一定要赶我，高文，那请你别挑衅我，别让亚瑟与我为敌。我无法与自己的朋友作战。高文，看在上帝的份上，别让我们对战。"

"别说了，老兄。交还王后，快点离开这个法庭。"

兰斯洛特带着最后的关心鼓起了精神。他的目光从英格兰之王转向折磨他的人，最后他缓缓地转向王后，她自始至终没说一句话。他看到了她手中那荒唐的橄榄枝，她的笨拙和她那身可笑的衣服。他抬起头，将他们的悲剧故事提升到一个高贵和庄严的高度。

"呃，女士，看起来我们必须得分开了。"

他执起她的手，将她引到屋子中央，把她想作是那个自己记忆中的女士。他紧握的手、他的步伐和他洪亮的声音让她再次绽放——这是他们最后一次在一起，绽放成为英格兰玫瑰。他将她推向他们早已遗忘的胜利的巅峰就像是一出庄严壮丽的舞蹈，这个滴水石兽一般的人带她走向舞台的中心，在那里，他平衡她的姿势,让她成为这个王国的拱石,以此为他们画上了一个句点。这是兰斯洛特爵士、亚瑟国王和桂妮薇最后一次在一起。

"我的国王,我的老朋友们,在我走之前容我再说几句。对我的判决意味着要我离开这个我效忠了一生的圆桌,离开你们的国家,而且战争仍将继续。在此,我愿最后一次作为王后的战士为她出战。我的女士,让法庭所有人做个见证,我站出来是为了告诉你,如果以后有任何危险威胁到你,有一支可怜的武装必定会从法兰西赶来保卫你——所以你们都要记着。"

他特意吻了吻她的手指,然后僵硬地转过身,开始无言地沿着房间那长长的过道走了下去。从他走的那一刻起,他的未来就已经在身后轰然关上。

十五天去多佛是给那些寻求避难的重罪犯规定的时限。他必须按重罪犯的方式来走完这个路程:"不缚带,不穿鞋,不戴帽,只穿衬衣,就好像要上绞刑架。"他必须走在路的中间,双手紧抓那个小十字架,因为那是避难的象征。或许高文和他的人会偷偷地跟在他后头,伺机趁他将那个护身符放在一旁时下手。即使如此,不管他只穿衬衣还是全副盔甲,他都是他们的老司令。他会毫不迟疑地坚持一路走下去,眼睛直直地望向前方。当他跨过门槛的时候,那种坚毅的神色已然显现在他的脸上。当那个老兵一离开,人们便在司法室里感觉到了一种俗艳的气息,很多人带着隐蔽的恐惧,斜视着看向那些红色的鞭子。

第十一章

桂妮薇正坐在卡莱尔城堡的王后卧室里。屋内的大床已经被改制成一个靠背长椅，在床帐之下，它看上去整洁利落，所以坐下去的时候会有所顾虑。房间内有一个壁炉，火上热着一把壶，另外还有一把高椅和一张阅读用的桌子。此外还有一本翻开的书，或许正是但丁提到的那本加罗多写的书①。这本书的价值堪比九十头牛，但桂妮薇已经读过七遍，所以读上去它已不再那么令人兴奋。新近下的一场雪将夜晚的光芒向上映射到卧室里，将天花板照得比地板还亮，因此也改变了通常的那种阴影。它们显现呈蓝色，位置也与以往相异。那个高贵的夫人正在做针线活，她颇为正式地坐在高椅上，那本书就放在旁边，她的一个侍女则坐在床边的台阶上，也在做针线活。

桂妮薇做着针线活，她的脑子一半处于缝纫女工的那种空白的状态，另一半则在漫无边际地想着她的麻烦事。她希望她现在不是在卡莱尔。这里离北方太近——那里是莫桀家族的领地，离安全的文明城市太远。例如，她现在很希望自己是在

---

① 在但丁《神曲》的《地狱篇》中，但丁遇到了保罗和法兰西丝卡，他们叙述他们的接吻是在阅读《兰斯洛特的恋爱故事》时，读到兰斯洛特亲吻了格温后发生的。法兰西丝卡说："加罗多（Galeotto）是这本书和写这书的人。"但丁希望读者了解，首先，加罗多正是促成兰斯洛特和格温恋情的媒人；第二，加罗多写的书也是促成保罗和法兰西丝卡恋情的媒介。

伦敦——或许是在伦敦塔上。她不想看这种沉闷的无垠白雪，她想从伦敦塔上望出去，看都市的那种欢乐和熙熙攘攘；她想看伦敦桥，那座桥上遍布摇摇欲坠的房子，它们会连续不断地落入河水之中。在她的记忆中，这是一座充满个性的桥，上面挤满房屋，反叛者的头颅被挑在尖刺之上，它也是大卫爵士和威尔斯勋爵举行他们那盛装比武的地方。那些房屋的地窖都在桥墩里，而且这座桥还有一座自己的教堂和一座保卫自己的高塔。它是一个完美的玩具堡，家庭主妇们会从窗户中探出头，或用长绳将木桶吊入水中，或者泼出泔水，或者晒晾衣服，或者在吊桥将要拉起时高喊着他们的孩子回家。

就此而言，单待在伦敦塔上就会很美妙。在卡莱尔这里，一切都静得仿佛死去了一般。而在那里，在征服者之塔①中，如潮水一般涌动的伦敦人足以融化冰霜。甚至是连现在被亚瑟安置在塔内的展览动物园也能发出点声音和散发出点气味，也算是一种能让人觉得舒服的背景。这个动物园最新补充进来的是一头成年大象，它由法兰西国王赠送，那位不知疲倦的新闻记者马修·巴利斯②曾对此大书特书地记述了一番。

当格温想到那头大象，她停下了手中的针线活，开始揉起自己的手指来。它们已经被冻得麻木，而且并不像以前那样暖和得那么快。

"你把面包屑给鸟儿放出去了吗，艾格尼丝？"

"是的，夫人。那只知更鸟今天很活泼。它对那些贪食的画眉用颤音一顿唱呢。"

"可怜的东西。不过，我想在几个星期之内它们应该都会

---

① 征服者之塔（Conqueror's tower），应为征服者威廉建造的白塔（William the Conqueror's White Tower），名字因涂墙石灰乳所得，它是英国最优秀的十一世纪结构。
② 马修·巴利斯（Matthew Paris，约1200~1259），英国英格兰修道士、编年史作者。

唱起来了。"

"他们这一走似乎好长时间了呢。"艾格尼丝说道。

"宫廷就像现在的鸟儿，寂静无声，冷冷清清。"

"他们会回来的，肯定会回来的。"

"是的，夫人。"

王后再次拿起了针，小心地将其穿过。

"他们说兰斯洛特爵士一直都很勇敢。"

"兰斯洛特爵士一直都是一个勇敢的绅士，夫人。"

"最新的信里说，高文跟他进行了一场决斗。与他对战，他一定痛苦极了。"

艾格尼丝语气有点激烈地说道："我搞不懂为什么国王要跟着高文爵士去那里打他最好的朋友。任何一个人都能看出来，那是他们盲目的怒气在作怪。他们要让法兰西的土地变成废墟，就只是为了刁难兰斯洛特爵士，为了做这些残暴的杀戮，为了说明这些事情是他们'鞭笞者'所做。这样下去，对任何人都不会有好处。我想问的是，他们就不能忘掉前嫌吗？"

"我认为国王之所以随高文爵士一起去是因为他想尽力做到公正。他认为奥克尼家族有权为加雷恩的死讨一个公道——我也觉得他们有这个权利。而且，如果国王不依靠高文爵士，那他就再没有什么人了。他最引以为傲的就是他的圆桌，而它现在正在分裂，所以他想保住一些人。"

"通过攻打兰斯洛特，"艾格尼丝说道，"来保持圆桌的完整，这是一个不那么明智的办法。"

"高文觉得有权要求公正。至少，他们说他有这个权利。国王也不是自愿做出这样的选择的。他受制于不少的人——有的人想征服法国和宣称对它的主权，有的人厌倦了他一直在尽力维持的和平局面，有的人急于提高自己的军衔，还有的人想为那些集市广场上的人报仇。另外还有莫桀那个教团里的年轻骑士，他们信仰国家主义，而且被灌输了这样的想法，即我丈夫是个老保守；还有些人是在我卧室楼梯上对战的那些人的亲属；再有就是奥克尼家族的人了，他们心中一直怀着一种古老的仇恨。战争就像火一样，艾格尼丝。一个人就能把它点燃，但一旦烧起来，它会波及所有人。所以说这件事远远不是因为一件事那么简单。"

"啊，这么多大事和重要的事，夫人——我们这些可怜的女人都无能为力啊。不过，现在说说，那封信里都说了些什么？"

桂妮薇坐了一会儿，眼睛盯着信，但却并没有看信上的内容，她的思绪一直在围绕着她丈夫的那些难题中转来转去。之后，她缓缓地说道："国王太爱兰斯洛特了，所以他不得不对他不公平——他担心他会因此对其他人不公平。"

"是的，夫人。"

"信里说，"她猛地一惊，现在才注意到她刚才一直在看着信，"信上说，高文爵士每天都会骑马来城堡前面，高喊着说兰斯洛特是个懦夫，是个叛徒。兰斯洛特的骑士们非常生气，一个接一个地出去与他对战，但都被打落马下，有几个还受了重伤。他差点就杀了鲍斯和莱昂内尔，直到最后兰斯洛特爵士不得不亲自出战。是城堡里的人让他这么做的。他告诉高文爵士，他是被逼无奈，他就像一只走投无路的困兽。"

"那高文爵士怎么说的？"

"高文爵士说：'别再唠唠叨叨，开始吧，让我们都能求得心安。'"

"他们打了吗？"

"是的，他们在城堡前进行了一场决斗。每个人都允诺不会插手,决斗从上午九点钟开始。你知道高文爵士一向在上午最为勇猛,这也是他们开始得这么早的原因。"

"上天怜悯兰斯洛特爵士,让他像三个人那么强大吧!因为我的确听说过,说原住民里那些红头发的人,身体里有精灵之血,你知道的,夫人,这会让这位领主在正午前有三个人那么强大,因为太阳会为他而战!"

"那一定是很可怕的,艾格尼丝。不过兰斯洛特太过骄傲,他愿意给对方这样的优势。"

"我想他没被杀死吧?"

"他差点被杀死。但是他用盾牌护住了身体,之后一直慢慢地闪避和退让。信里说他遭受了很多次严重的打击,但是他还是设法坚持到了中午。后来,当然了,当那种精灵的力量消退以后,他主动发起了攻击,到最后他给了高文脑袋一击,将他击落马下。他当时没能再站起来。"

"哎呀,高文爵士!"

"是的,他本可以当场杀了他。"

"但他没有。"

"没有。兰斯洛特爵士退后,倚着剑站着。高文恳求他杀了他。他比以往任何时候都要愤怒,喊道:'你为什么要停止?来啊,杀了我,好结束你的屠杀。我是不会投降的。现在就杀了我,否则即便你绕过我的性命,我也会再次与你对战。'他哭了起来。"

"我们可以确信,"艾格尼丝充满睿智地说道,"兰斯洛特爵士拒绝攻击一个被击倒的骑士。"

"我们可以确信。"

"虽然他并不像你说的那么英俊,但他的确是一个善良的好绅士。"

"他集所有美德于一身。"

她们自己感觉有点不好意思了，一下子沉默了起来，开始做起了针线活，不一会儿，王后开口道："灯光变暗了，艾格尼丝。你觉得我们能点起灯芯草了吗？"

"当然，夫人。我跟您想得一样。"

她开始在火上点灯芯草，一边抱怨这个地方真落后，这些赤裸的北方蛮族竟然没有蜡烛，而王后却心不在焉地哼起了歌。这是她以前跟兰斯洛特一起唱的那首二重唱，当她意识到这一点的时候，她突然停止了哼唱。

"好了，夫人。白天似乎变长了。"

"是的，春天马上就要来了。"

艾格尼丝坐了下来，她一边在呛人的灯光下做着针线活，一边恢复了她们刚才那中断的教义问答式的谈话。

"国王对这件事情是怎么说的？"

"当他看到幸免于难时，他哭了。这让他想起了一些事情，他的情绪沮丧，最后病倒了。"

"她们是管这个叫精神停顿吗，夫人？"

"是的，艾格尼丝。他是因过度悲伤而病的，高文的脑袋也受到了冲击，所以他们一起病倒了。但是那些骑士一直保持围城。"

"嗯，这是一封不那么快乐的信，对吗，夫人？"

"对，它不是。"

"我记得以前有过一封信——不过现在，他们说坏事传千里。"

"现在一切都成了信了——因为现在宫廷空空荡荡，世界四分五裂，除了护国公，没有人留下来。"

"啊，那个莫桀爵士，我从来都不能接受他的那些喜好。他在人群中发表演说，还脱下帽子让那些人欢呼，他到底想干什么呢？他就不能穿得快乐一点吗？为什么老要穿着那一身黑衣,就像他是神圣的末日审判者似的?我敢说,他是受了可怜的高文爵士的影响。"

"高文爵士那套制服是为了纪念加雷恩穿的。"

"他从来没有关心过加雷恩爵士,那人没有。我觉得他对任何人都不关心。"

"他关心他的母亲,艾格尼丝。"

"对,她因为太放荡,被人割了喉。他们真是怪异的一家子啊,大部分人都很怪异。"

"摩高丝王后,"桂妮薇若有所思地说道,"一定是个怪异的人,这是众所周知的事情,既然现在莫桀已经是护国公了,那说说这件事也无妨。她肯定也是一个很厉害的女人,她四个孩子都长大了,却还能迷得住我们的亚瑟。哎呀,她都做祖母了,却还是把兰马洛克爵士迷住了。她肯定对她的儿子们有很深的影响,要不然他们中的一个也不会反应那么强烈,杀死了她,她已经年近七十了。我希望她那时候吃了莫桀,艾格尼丝,就像蜘蛛那样。"

"他们以前的确说过一次,说康沃尔三姐妹是女巫。当然了,里面最坏的一个要属摩根勒菲。不过摩高丝也跟她差不多。"

"这有点让人同情莫桀了。"

"您还是多为您自己想想吧,夫人,因为您不会从他那里得到任何好处。"

"自他被留下来掌管朝政以来,他一直都很有礼貌。"

"对,他是很有礼貌。那些作恶的人一般都会很安静。"

桂妮薇一边想着她的话,一边将手中的布料拿到灯下。她有点担心地问道:"你不会认为莫桀爵士心怀不轨吧,有吗,艾格尼丝?"

"他是一个心理阴暗的人。"

"既然国王把他留下了料理这个国家,照顾我们,他就不会做什么不轨之事吧?"

"您的那位国王,夫人,请原谅我这么说,让我很不能理解啊。他先是去与他最好的朋友对战,只因高文爵士让他这么做;然后又将他最恶毒的敌人留下来当护国公。他为什么要选择如此盲目行事啊?"

"莫桀从未触犯过法律。"

"那是因为他太狡猾。"

"国王说莫桀将会继承王座,所以你不能让国王和这个国家的继承人同时离开,所以很自然地他就被留下来当护国公了。这样才算公平啊!"

"真正的公平,夫人,从来不会造成不好的结果。"

她们又做起了针线活。

艾格尼丝又说道:"如果你说的是真的,那也应该是让国王留下,让莫桀去啊。"

"我也希望他能这么做。"

她们有点心神不安地做着针线,针刺穿黑色的布料,闪出一道长长的光,一如流星坠落。

"你害怕莫桀爵士吗,艾格尼丝?"

"是的,夫人,我害怕。"

"我也是。他最近四处鬼鬼祟祟地走动,而且……看人的方式也很怪异。现在能听到都是那些关于盖尔人、撒克逊人和犹太人的演讲,以及那些歇斯底里般的喊叫。我上个星期听到他在大笑,就他自己一个人。太可怕了。"

"他是一个很狡诈的人,可能现在他就在偷听呢。"

"艾格尼丝!"

桂妮薇好像被什么击中了一般,手中的针掉了下去。

"啊,好了,夫人,您千万别在意,我只是开个玩笑。"

但是王后却仍然一动未动。

"去门口看看。我觉得你是对的。"

"啊,夫人,我做不到。"

"快把门打开,艾格尼丝。"

"夫人,要是他真在那里呢!"

她的预感已变得很强烈。灯芯草那无助的黯淡火光现在已变得不够用。他可能就藏在屋里,藏在某个黑暗的角落里。她惊慌失措地站了起来,就像一只看到老鹰来了的鸸鹋,然后紧抓着自己的裙子。对这两个女人来说,这座城堡突然变得那么的黑暗、空旷、孤寂、蛮荒,充满了太多的暗夜和寒冬。

"如果你开门,他会走开。"

"但是我们必须给他走开的时间。"

她们用声音来做着抗争,感觉自己就好像被压在一双黑色翅膀之下。

"站到门跟前,然后在开门之前要大声说话。"

"夫人,我该说什么啊?"

"就说'我可以把门打开吗?'接着我会说,'可以,我觉得是时候该上床睡觉了。'"

"我觉得是时候该上床睡觉了。"

"继续。"

"很好,夫人。我可以开始了吗?"

"是的,开始吧,快点。"

"我不知道我能不能办到。"

"啊,艾格尼丝,拜托快一点!"

"很好,夫人,我想我现在能做到了。"

艾格尼丝脸朝着门,就仿佛那扇门会攻击似的,然后她尽最大声开始讲话。

"我要去开门了!"

"是时候上床睡觉了!"

什么动静都没有。

"现在开门。"王后说道。

她抬起门闩,将门一下子打开,莫桀正微笑着站在门框里。

"晚上好,艾格尼丝。"

"啊,大人!"

这个可怜的女人一只手抓着胸口,慌慌张张地向他行了一个屈膝礼,然后急促地从他身边跑过,冲向楼梯。他礼貌地站到一旁。当她消失不见的时候,他步入了房内,他身穿华丽的的黑色天鹅绒衣服,血红色徽章上一颗钻石在灯芯草灯光下闪着冰冷的光芒。任何一个一月或两月没看见他的人马上就会明白,他已经疯了——不过由于他的大脑的退化是渐进的,所以那些跟他住在一起的活人并未看到这一点。紧随在他身后是一只黑色的狮子狗,它明亮的眼睛滴溜溜地转着,卷曲的尾巴摇来摇去。

"我们的艾格尼丝似乎很紧张。"他说道,"晚上好,桂妮薇。"

"晚上好,莫桀。"

"一件漂亮的小刺绣?我以为你在给士兵们修补袜子呢。"

"你怎么来了?"

"只是一次晚间拜访。你一定要原谅刚才那段小插曲。"

"你总是等在门外面吗?"

"无论如何,夫人,人总得从门进来。这总比从窗户进来方便——不过众所周知的是,有些人就是这么做的。"

"我知道了。你要坐吗?"

他以一种精心设计过的姿势坐了下来,那只哈巴狗一下跳上了他的大腿。在某种程度上,看他会让人觉得心疼,因为他所做的正是他母亲曾做过的事。他开始做作,不再是真实的自己。

人们经常这样来写悲剧:恶毒的金发女郎背叛了他们的情人,并使他们走上绝路:克瑞西达[①],克丽奥佩特拉[②],大利拉[③],甚至还有像杰西卡[④]那样不听话的女儿都给她们的情人或父母带来了痛苦,但这些其实都并不是悲剧的核心。对男人的灵魂来说,这些都是无用的华而不实的东西。安东尼自刎了又如何?最后都是死罢了。侵蚀人心智的,是母亲的欲望而不是情人的欲望。正是前者让这个悲剧人物一步步走向死亡。住在他内心里的,是伊俄卡斯特[⑤],而不是朱丽叶。致哈姆雷特发疯的是格特鲁德[⑥],而不是愚蠢的奥菲利亚[⑦]。悲剧的核心并不在于偷或拿,因为任何一个轻浮的女孩儿都能偷走一个人的心。它的核心在于给予、增加、补充,慢慢地在不用枕头

[①] 克瑞西达(Cressidas),出自莎士比亚的悲剧《特洛伊罗斯与克瑞西达》。特洛伊国王的小儿子特洛伊罗斯爱上了克瑞西达,一个已投靠希腊人的特洛伊教士的女儿。她的舅舅为了攀附王族,为他们牵线搭桥,两个情人幽会了。希腊人提出的停战条件在特洛伊宫内引起了激烈的争论,最后主战派占了上风。按照克瑞西达父亲的请求,希腊人提出用被俘的特洛伊战将交换她。刚刚离开她的情人,克瑞西达马上投入新的希腊情人的怀抱。
[②] 克丽奥佩特拉(Cleopatras,约前70年12月或前69年1月~约前30年8月12日),埃及托勒密王朝的最后一任法老,著名的"埃及艳后"。
[③] 大利拉(Delilahs),出自圣经故事《参孙和大利拉》。参孙是犹太人,生来力大无比。当时犹太人势弱,常为腓力斯人所欺,但参孙带领他们打败腓力斯人。参孙后来爱上腓力斯一美女大利拉,并与之结婚。为了谋害参孙,腓利斯人定下计谋,让大利拉设法了解参孙产生力量的源泉。
[④] 杰西卡(Jessica),出自莎士比亚喜剧《威尼斯商人》,高利贷者犹太人夏洛克的女儿杰西卡与安东尼奥的友人罗伦佐的恋爱,最后两人一起私奔。
[⑤] 伊俄卡斯特(Jocasta),出自希腊神话。伊俄卡斯特是底比斯王拉伊俄斯之妻,他们的亲生儿俄狄浦斯被预言将弑父娶母,后来预言果然应验,伊俄卡斯特知道后,无地自容,自缢身亡。这个故事是"俄狄浦斯情结",又称"恋母情结"的原型。
[⑥] 格特鲁德(Gertrude),莎士比亚悲剧《哈姆雷特》中的王后,为哈姆雷特的母后。
[⑦] 奥菲利亚(Ophelia),哈姆雷特的情人。

的情况下将你闷死。被剥夺了生命和荣誉的黛斯德莫娜①对莫桀来说什么都不是,因为他的这些东西也已被夺走——当他母亲的角色带着令人窒息的爱,以胜利的姿态继续存活时,他的灵魂就已经被偷走,被遮盖,变得干枯,而且让他看起来并无恶意。莫桀是奥克尼家族中唯一一个从来没娶妻的孩子。当他的兄弟都跑去英格兰时,他一个人留了下来与她又一起生活了二十年——他成了她的食粮。现在她死了,他便变成了她的坟墓。她就像吸血鬼一样居住在他的体内。当他走路时,当他擤鼻涕时,做出的都是她的动作。当他做作时,他变得跟她一样不真实,就好像是对独角兽假装自己是处女。他也涉猎同样的残酷魔法。他甚至像她那样开始养哈巴狗——虽然他恨她的那些狗,那种恶毒的嫉妒就跟他恨她的那些情人一样。

"我感觉今晚有点冷啊!"

"二月份当然会冷。"

"我说的是我们之间的关系有点微妙。"

"我丈夫任命的护国公,当然会受到王后的欢迎了。"

"但我想你丈夫的私生子就不会有这样的待遇了吧?"

她放低了手中的针,直视着他。

"我不理解像你这样来是何用意,我也不知道你想要什么。"

她并不希望表现出敌意,但他让人忍无可忍。她从来没怕过任何人。

"我想跟你聊一聊目前的政治局面——一会儿就好。"

她知道他们目前已处于某种危险当中,这种危险让她感觉有点吃力了。虽然她仍然没有怀疑他的神志是否健全,但现在

---

① 黛斯德莫娜(Desdemona),莎士比亚悲剧《奥赛罗》奥赛罗之妻,因受伊阿古诬陷为不忠而被其夫害死。

她年纪已大，要应付一个疯子已不是那么容易。单只是他语调中那令人讨厌的讽刺意味就让她感觉自己言不由衷——让她不能简单地说自己的话。但她不会认输。

"我会很乐意听听你想说什么。"

"你真是一个慷慨的人……珍妮。"

真是太恐怖了。他现在正在将她变成他幻想的一个角色，他并不是在对着一个真实的人说话。

她愠怒地说道："请你用我的头衔称呼我好吗，莫桀？"

"当然了。要是我擅自用了兰斯洛特的特权，那我一定得向你道歉。"

他的嘲讽就像是一剂强心剂，让她恢复了她应有的皇室女士的仪态，让她变成了一个身姿挺拔的贵妇，她曾在这个世界上成功地驰骋了五十年之久，此刻她那患风湿病的手指上的戒指正发出闪烁光芒。

"我相信。"她立刻说道，"你会发现这么做会有点难度。"

"好啊！不过，恐怕我真要这么要求了。你总是有那么一点烈性子……珍妮王后。"

"莫桀爵士，如果你不能表现得绅士一点，那我现在就走。"

"那你会到哪里去呢？"

"我可以去任何地方，只要那个地方能让一个老到可以做你祖母的女人避开这样的放肆言行。"

"问题是，"他针锋相对地说道，"你在哪里会是安全的呢？当你想到所有的人都去了法兰西，想到我是这个王国统治者的时候，这个计划注定是要失败的。当然了，你也可以去法兰西……如果你能去得了的话。"

她明白了，或者说开始明白了。

"我不知道你的意思。"

"那你必须得好好想一想。"

"如果你不介意,"她说道,提高了声音,"我要叫我的侍女了。"

"你怎么叫都行,不过我会把她打发走。"

"艾格尼丝只会听我的命令。"

"我很怀疑,让我们试试看。"

"莫桀,你可以走了吗?"

"不,珍妮,"他说道,"我想待着。不过,如果你愿意安静地坐一会儿,听我说,我保证我会表现得像个完美的绅士——确切地说,就像那个勇敢的骑士一样。"

"你让我别无选择。"

"选择很小。"

"你想要什么?"她问道。她坐了下来,双手交叉着放在腿上。他已习惯了一种凶险的生活。

"好了,"他说道,看上去心情大好,精神已经有点错乱了,他正在享受着他的猫鼠游戏,"我们绝对不能以这样粗暴方式仓促行事。在开始我们的谈话之前,我们必须先要放轻松,要不然看上去它会很勉强。"

"我正在听。"

"不,不。你必须得叫我莫迪,或者别的昵称也行。这样,当我叫你珍妮时,也会显得更加自然一点。一切都将以更加愉快的方式进行。"

她没有回答。

"桂妮薇,你知道你现在的处境吗?"

"我的处境是英格兰的王后,就像你的处境是护国公一样。"

"当亚瑟和兰斯洛特正在法兰西对战的时候。"

"正是这样。"

"假如我告诉你，"他一边抚摸着哈巴狗，一边问道，"我今天早上收到一封信了呢？还有亚瑟和兰斯洛特都死了呢？"

"我不会相信你的。"

"他们在战斗中同归于尽。"

"这不是真的。"她平静地告诉他。

"事实上，它真不是。你是怎么猜到的啊？"

"如果它不是真的。说这样的话就太残忍了。你为什么要说它？"

"很多人都会相信的，珍妮。我想有很多人都会相信。"

"他们为什么要相信？"她问道，仍未明白他的意思。然后她停了下来，屏住了呼吸。她第一次开始感到害怕，但却是为了亚瑟而害怕。

"你不是想……"

"啊，我想，"他欢快地说道，"而且我要这么做，如果我宣布可怜的亚瑟已死，你觉得会发生什么？"

"可是，莫桀，你不能这么做！他们还活着……你已经有了一切……国王让你做他的代理人……你的效忠誓言……这不会是真的！亚瑟一向都待你那么公平……"

他冷漠地说道："他从来没要求他公正地对待我。他对人做这些事，只是为了自娱罢了。"

"可他是你的父亲！"

"就这个而言，我并没有要求他生下我。我想做这个也是为了自娱罢了。"

"我知道了。"

她坐了下来，一边将手中的针线绞来绞去，一边试着去思考。

"你为什么恨我的丈夫?"她几乎带着一种惊讶的语气问道。

"我不恨他,我只是鄙视他。"

"那件事情发生的时候,"她温和地解释道,"他并不知道你的母亲是他的姐姐。"

"而且我想,当他把我们放到这艘船上漂流出海的时候,也不知道我是他的儿子吧?"

"他那时候还没满十九岁,莫桀。他们用预言恐吓他,所以他才照他们说的做了。"

"我母亲在遇见亚瑟王之前一直是个好女人。她与奥克尼的洛特王有一个美满的家庭,她还给他生了四个勇敢的儿子。可随后发生了什么?"

"可她的年龄要比他大两倍还要多啊!我认为……"

他举起了手,没让她说下去。

"你在说我的母亲。"

"抱歉,莫桀,可是真的……"

"我爱我的母亲。"

"莫桀……"

"亚瑟王遇到一个之前一直忠于她丈夫的人,当他离开之后,她就变成了一个荡妇。她最后和兰马洛克爵士赤裸裸地死在床上,被她自己的孩子公正地杀死。"

"莫桀,如果你不明白……如果你不相信亚瑟的仁慈、愧疚和他遭受的不幸,那说这些是没什么好处的。他喜欢你。就在这件不幸的事开始的一天或两天前,他还在说他有多么爱你……"

"他还是留着他的那种爱吧!"

"他一直都很公正啊!"她恳求道。

"公正而高贵的国王!没错,事情结束之后再来谈公正,那的确很容易。这个也是他自娱的一部分。公正!这个他也留着吧。"

她说道,尽力不让自己的声音颤抖:"如果你宣称自己为国王,那他们就会从法兰西回来攻打你。到那时,我们将会有两场战争,而不是一场,而且这一战将会发生在英格兰的土地上。我们这个联合体将会因此彻底瓦解。"

他得意扬扬地微笑着。

"这听起来真是让人难以置信。"她说道,紧紧地捏着手中的刺绣。

她现在什么都做不了。有那么一会儿,她头脑中闪过一个念头,如果她能不顾屈辱,用她那年老僵硬的膝盖跪下来求他怜悯,他也许能够平静下来。但是,这显然已毫无用处。就像放入凹槽中的球一样,他已经走上了某种轨道,甚至他现在的谈话本身就是一种旁白,一切都将按照剧本的设计走向结局。

"莫桀,"她无助地说道,"如果你不怜悯亚瑟,不怜悯我,那请你怜悯下这个国家的人民吧!"

他将哈巴狗从大腿上推下去,站起身来,带着一种狂热的满足朝她微笑。他伸了个懒腰,向下看着她,但其实根本没在看她。

"就算不怜悯亚瑟,"他说道,"我当然也会怜悯你的。"
"你什么意思?"
"我正在想一种模式,珍妮,一种简单的模式。"
她看着他,没有说话。
"是的。我父亲与我母亲犯下了乱伦的罪行。珍妮,如果我与我父亲的妻子结婚,你难道不觉得这正是一种模式吗?"

第十二章

高文的帐篷里光线很暗，只有一个放有木炭的平底盘在下面闪着微弱的光。与英格兰骑士们那些华丽的大帐篷比起来，这个帐篷显得寒酸而破旧。在硬板床上铺着几条奥克尼格子呢布，这里面唯一的装饰是一个装着圣水的铅制水瓶，那是他用来服药的，瓶子上有"良医托马斯之妙药"的标记，它与一束干枯的石南一起被绑在一根柱子上，这些都是他家族的守护神。

高文俯身趴在格子布上。他此刻正在哭泣，哭得缓慢而无助，亚瑟则站在他的身旁，轻抚着他的手。他的伤拖垮了他，要不然他是不会哭的。老国王正试着安慰他。

"不要伤心了，高文，"他说道，"你已经尽力了。"

"这是他第二次饶恕我了，一个月内的第二次。"

"兰斯洛特一直都很强大，年岁看起来并未对他有什么影响。"

"那他为什么不杀了我？我恳求他杀了我一了百了。我告诉他，如果他放过我，让我回去养伤，那我一等伤愈，还是会重新找上他的。"

"而且，上帝！"他泪汪汪地继续说道，"我的头痛死了！"

亚瑟叹了口气，说道："那是因为你两次都被击中了同一个地方。运气真是很差啊！"

"这真让人丢脸。"

"那就不要再多想了。安静地躺着，要不然你又要发烧了，这样你就无法长线作战了。到那时我们怎么办？没有高文带领我们作战，我们会一败涂地的。"

"我只不过是个稻草人，亚瑟，"他说道，"我只不过是一个脾气暴躁的恶霸，我杀不了他的。"

"说自己毫无好处的人通常是最杰出的。让我们换个话题啊，谈点快乐的事。比如说英格兰。"

"我们可能再也看不到英格兰了。"

"胡说！我们在这个春天就能看到英格兰。哎呀，现在马上就是春天了。雪花莲已经开了好久了，而且我敢说，桂妮薇的番红花有些已经开了。她对园艺很在行。"

"桂妮薇待我很好。"

"我的格温待所有人都很好。"这个老人自豪地说道，"我在想她现在正在做什么呢？应该要上床睡觉了吧。或者她还没睡，正在与你的弟弟谈话呢。想想他们此刻正在谈论我们，感觉还是不错的，或许他们谈论的就是高文那些令人羡慕的英勇事迹呢，或许格温正在说，她希望她的老头子快点回家吧！"

高文在床上焦躁不安地挪动着。

"我也想回家。"他咕哝道，"如果兰斯洛特真的像莫桀说的那样，憎恨奥克尼家族，那他为什么饶恕它的领主？或许他真的是误杀了加雷恩。"

"我确信是误杀。如果你愿意帮忙结束这场战争，那我们很快就能停战。你知道，我们已经说过，现在我们是为你要求的公正而战。我和其他想要作战的人最终都得服从于这个前提。如果你愿意和解,那没有人会比我更高兴。"

"你说得对,可是我已经发过誓,要跟他决一生死。"

"你已经做过两次很好的尝试了。"

"每次都被痛揍一顿。"他苦涩地说道,"他两次都可以结束这场战争。不行,和解看上去像是怯懦的表现。"

"最勇敢的人不介意自己看上去像个懦夫。还记不记得,兰斯洛特曾在快乐园里深藏不出好几个月,任凭我们在外面唱歌羞辱他。"

"我忘不掉我们加雷恩的脸。"

"我们所有人都为此悲痛。"

高文试着思考,但一旦思考起来,他会发现这对他并非易事。在这个黑暗的晚上,思考更是困难,因为他的头已受了伤。自从在寻找圣杯的途中加拉哈特给了他头上那一击,他就一直很容易头痛,而现在,出于某种奇怪的巧合,兰斯洛特又分别在两次决斗中在同一个部位给了他重击。

"我为什么要让步?"他问道,"就因为他打败了我吗?如果我现在让步,那在他看来我就是逃跑。如果我能在第三次约战中击倒他,那还有可能。然后再饶过他……那样才算公平。"

"英格兰的田野里,"国王若有所思地说道,"很快就会开满立金花和雏菊。要是能赢得和平,那就太好了。"

"对,还有春天的鹰猎。"

这个身影因为回忆往事在灯光昏暗的床上扭动了一下,但立刻就因为一阵贯穿头颅的痛苦僵在那里:"全能的神啊,我的头痛死了。"

"要不要我给你拿条湿布敷着,或者喝点牛奶?"

"不用了。忍一忍吧,那些不会有用的。"

"可怜的高文。我希望没伤及到内部。"

"伤及的是我的精神。让我们谈点别的事情吧！"

国王迟疑地说道："我应该少说才对。我想我应该走了，好让你能睡觉。"

"啊，留下吧。别让我一个人。我一个人的时候，总是很烦。"

"医生说过……"

"让医生见鬼去吧！忍一小会儿就好。握住我的手，跟我谈谈英格兰。"

"明天会有信来，那时我们就能谈谈英格兰的事了。我们会得到最新的消息，而且会有年轻的莫桀的信，或许格温也给我写了信呢。"

"莫桀的信从一定程度上来说都是些冷冰冰的鼓励。"

亚瑟赶紧为他说起话来。

"那只是因为他过得很不愉快。你要相信，他内心里也经常是有一股爱的火焰的。格温过去常说，他所有的热情都倾注在了他母亲的身上。"

"他很喜欢我们的母亲。"

"或许他爱上了她。"

"这正好可以解释他为什么要那么嫉妒你。"

高文为这样的发现惊奇不已，这样的想法还是第一次涌上他的心头。

"或许这也是为什么他在发现她和兰马洛克有染时，放任阿格莱瓦杀死她的原因……可怜的孩子，他受到了这个世界的不公正对待。"

"他是我在世的唯一的兄弟了。"

"我知道。兰斯洛特的事是一次悲惨的意外事故。"

洛锡安领主狂躁地移动着他的绷带。

"可这不可能是个意外。如果他们是戴着头盔被杀死的,那我还可以这么推断,但他们什么都没戴啊!他一定能认出他们的。"

"这件事我们已经谈论过很多次了。"

"对,但一切都是徒劳的。"

那个老人带着一种悲剧的踌躇问道:"高文,不管这是如何发生的,你不会认为自己已经永远无法让自己原谅他了吧?我不是想放弃自己的职责,但如果司法能够用宽容来调和的话……"

"当我抓到他,让他任由我处置的时候,我会调和,但在此之前绝不。"

"好吧,这事由你说了算。医生来了,应该是来告诉我,我待得太久了。进来,医生,进来吧。"

但来人却是罗切斯特主教,他提着一个铁制提灯匆匆忙忙地走了进来,手里还拿着一札信件。

"是你啊,罗切斯特。我们还以为你是医生。"

"晚上好,大人。晚上好,高文爵士。"

"你的头今天怎么样了?"

"好点了,谢谢,大人。"

"嗯,这真是个好消息。"

"而我,"他狡黠地继续说道,"正好也带了一些好消息来。信件提前到了!"

"信来了!"

"有你的一封。"他将信递给国王,"很长的一封呢。"

"有我的吗?"高文问道。

"恐怕这周没有。下次你的运气会好点儿。"

亚瑟将信拿到提灯下,打开封印。

"请不要介意,我先读一下。"

"当然不介意。在这里就不要像在英格兰那样客套了。我的老天,我从未想过在我这个年纪还能成为一个游方僧,高文爵士,而且还能在异国的土地上寻欢作乐……"

主教的闲谈声渐渐消失不见。亚瑟一动未动。他的脸色既未变红也未变白,手中的信也并未掉到地上,他的眼睛也并未看向前方。他安静地读着,但是罗切斯特却停止了说话,而高文也用一只手肘支起了身体。他们正在一起看着他读信,嘴巴大张着。

"大人……"

"没事儿。"他说道,用手在脸上抹了抹。

"抱歉,就是看了看消息。"

"我希望……"

"请让我读完,先跟高文说话吧。"

高文问道:"是有什么坏消息吗……我能看看吗?"

"不,等一会儿。"

"莫桀吗?"

"不是。没事儿。医生说……大人,我想跟你到外面说话。"

高文开始爬着坐了起来:"我想知道。"

"没有什么不好的消息。躺下吧,我们会回来的。"

"如果你不告诉我就走,那我会跟着。"

"真没事。这会弄伤你的头的。"

"信里说了什么?"

"没说什么,只是说……"

"嗯?"

"好吧,高文,"他说道,突然之间软了下来,"看起来莫桀在他那新教团的支持下,已经宣称自己为英格兰的国王了。"

"莫桀!"

"他告诉他的那些'鞭笞者'我们已经死了,你看,"他解释道,就好像这是某种问题似的,"而且……"

"莫桀说我们死了?"

"他说我们死了,而且……"他还是说不出口。

"而且怎样?"

"他要娶格温为妻。"

紧随其后的是一阵死一般的沉寂,主教的手茫然地摸向他胸前的十字架,而高文则紧紧抓住了床单。接着他们同时开口。

"护国公……"

"这不可能是真的,这一定是个玩笑。我的弟弟不会做出这样的事。"

"不幸的是,这是真的。"国王耐着性子说道,"这封信是桂妮薇写来的。天知道她是怎么发出来的。"

"王后的年龄……"

"宣称自己是国王后,他就向她求婚了。她无人可以求助,所以王后已经接受了他的求婚。"

"接受了莫桀的求婚!"

在一番努力下,高文终于将自己的双腿悬到床边。

"舅舅,把信给我。"

他从那只软弱无力的手中拿起信,这只毫无意识的手任他将信拿走。他将信侧向灯光,开始读起来。亚瑟继续在解释事情的经过。

"王后接受了莫桀的求婚,向他请求到伦敦置办嫁妆。等她与那几个仍忠于她的侍者到达伦敦后,她突然跑进了伦敦塔,插上了大门。谢天谢地,那是一座坚固的堡垒。他们现在正将她围困在伦敦塔中,而且莫桀还用上了枪。"

罗切斯特疑惑地问道:"枪?"

"他用的是加农炮。"

这已经超出了这位老牧师的理解范围。

"这太不可思议了！"他说道，"先是说我们都死了，要娶王后为妻！然后又用上了加农炮！"

"既然已用上了加农炮，"亚瑟说道，"那里的圆桌已经完了。我们必须赶快回家。"

"用加农炮来对付人！"

"我们必须立刻回去援救，大人。高文可以留在这里……"

但奥克尼领主却下了床。

"高文，你在干什么？立刻躺下。"

"我要跟你一起去。"

"高文，躺下吧。罗切斯特，帮我弄倒他。"

"我最后一个兄弟已经坏了他的效忠誓言。"

"高文……"

"还有兰斯洛特……啊，上帝，我的头！"

他在昏暗的灯光里摇摇晃晃地站着，双手紧紧抓住头上的绷带，他的影子绕着帐篷柱怪异地转动着。

第十三章

爱尔兰国王安格威什曾梦到一阵风,那阵风吹倒了他所有城堡的房屋——现在的这阵风正是这样的架势。它从班威克城堡的四面吹来,吹在所有的风琴音栓上,发出的声音就像是有人正在树丛上撕扯刚被刮上去的丝团,就像是我们用梳子拉拽头发,就像是成堆的沙子正从铲子里倾注到细沙上,就像是有人正在撕裂一块巨大的亚麻布,就像是从远方传来的战斗的锣鼓声,就像是一条无止境的蛇在世界下层的树林和房屋间迅速地爬动,就像是老人的叹息、女人的哭啼和狼的嗥叫。它呼啸着、哼叫着、颤抖着,在烟囱里发出隆隆的声音。最重要的是,它听上去就像一个活的生物——某种可怕的原始生物,正在为它所遭受的诅咒而哀号。它是但丁的风,裹挟着迷路的情人和苍鹭;不守安息的撒旦正在不停息地骚动。

在西部的大海上,它侵袭着海平面,生生将海水卷起,在将它变成泡沫后挟卷而去。在陆地上,它让树木在自己面前俯首弯腰。那些盘根错节的荆棘树长了双树干,其中一根带着哀伤的尖叫呻吟着撞向另一根。在狂舞着发出噼啪声的树枝间,鸟儿奋力迎风而立,它们的身体呈水平状,灵巧的爪子成了它们的锚。悬崖上的游隼坚忍地站立着,它们那羊排一般的胡须被雨水冲刷成一绺一绺的,湿漉漉的羽毛在头上直挺而立。野鹅在暮光中奋力飞向它们夜晚的休憩处,但在涌流的空气中,一分钟都飞不了一码,而且虽然它们只飞高了几英尺,但由于它们那杂乱的叫声都被吹向它们的身后,所以要等到它们飞过你的身旁时,你才能听到它们的叫声。绿头鸭和水凫高高地飞来,身后紧跟着狂风,在它们到达之前就没了影踪。

在城堡的大门下,一阵刺骨的狂风折磨着地面上的灯芯草。它们"呼"的一声钻进螺旋形的楼道间,摇晃着木制的百叶窗,尖叫着击打着破碎的玻璃窗,抖动着起伏不定的冰冷挂毯,寻找着这座城堡的主心骨。石塔在它下面战栗,像乐器上的低音弦那样颤动不已。石板从屋顶上飞落,发出断断续续的碎裂声。

鲍斯和布雷欧贝里斯正蜷缩在一个明亮的火堆旁,对于这个火堆,寒风似乎也只是让它发光,而不让它发出热量。连火焰看上去都像是冻僵了,仿佛是画出来的一样。他们的思绪被这一阵瘟疫般的风阻断了。

"可是他们为什么要这么仓促地离开?"鲍斯抱怨道。

"我之前从未见过围城像这一次解除得这么快。他们在一夜之间就解除得一干二净。他们走得就好像是被风吹走了一样。"

"他们肯定是有什么坏消息了。英格兰一定是发生了什么乱子。"

"或许吧。"

"如果是他们决定原谅兰斯洛特,那他们应该会带消息来啊。"

"看上去确实很奇怪,什么也没说,突然就开船走了。"

"你觉得会不会是康沃尔发生叛乱了,或者是威尔士,或者爱尔兰?"

"原住民们总是出乱子。"布雷欧贝里斯麻木地同意道。

"我不认为是叛乱。我觉得是国王病倒了,所以急着被运送回家。也有可能是高文病倒了。兰斯洛特第二次给他的那一击,要不是打在他的脑袋上了?"

"有可能。"鲍斯杵着火堆。

"就这么离开了,一句话都不说!"

"为什么兰斯洛特不做点什么呢?"

"他能做什么?"

"我不知道。"

"国王已经把他放逐了。"

"是的。"

"那他什么都做不了了。"

"尽管如此,"布雷欧贝里斯说道,"我还是希望他能做点什么。"

角落楼梯底部的一扇门此时"当啷"一声开了,挂毯飞舞着,灯芯草倒竖了起来,火堆喷出烟团,兰斯洛特的的声音随风而来,他喊道:"鲍斯!布雷欧贝里斯!德玛瑞斯!"

"我们在这里。"

"哪里?"

"上面。"

当远处那扇门关上,房间立刻又恢复了平静。灯芯草再次躺倒,兰斯洛特的声音清晰地回响在楼梯间,而在此之前,要想听清他的喊声并不是件容易事。他匆匆忙忙地走了进来,手上拿着一封信。

"鲍斯、布雷欧贝里斯。我一直在找你们。"

他们早已站了起来。

"从英格兰来了一封信,信使的船被吹到了离海岸五英里远的地方。我们立刻出发。"

"去英格兰?"

"是,没错。当然了,去英格兰。我已经告诉莱昂内尔让他当运输官,而我想让你——鲍斯——去照管草料。我们得等到风停了才能走。"

"我们为什么要去?"鲍斯问道。

"你应该告诉我们是什么消息……"

"消息?"他含糊地说道,"没时间说了。在船上我会告诉你们的。给,你们自己看信吧。"

他把信递给鲍斯,然后在他们还未回答之前就离开了。

"哎呀!"

"读一读信上写的什么。"

"我连是谁写来的都不知道。"

"或许信上有写。"

他们刚研究清楚信的日期,兰斯洛特再次出现在了房间里。

"布雷欧贝里斯,"他说道,"我忘了跟你说了。我要你照管马匹。算了,把信给我吧。如果你们两个想把这封信拼出来,那你们要花上一个晚上的。"

"信里说的是什么?"

"大部分的消息都是信使说的。似乎莫桀已经起来反抗亚瑟了,他宣称自己是英格兰的国王,而且还向桂妮薇求婚。"

"可她已经结婚了。"布雷欧贝里斯表示异议。

"这正是围城解除的原因。后来,看起来莫桀在肯特召集了一支军队阻止国王登陆。他宣告国王已死,把王后围困在伦敦塔内,而且还用上了加农炮。"

"加农炮!"

"他与亚瑟在多佛遭遇,打了一仗,想阻止国王登陆。这次战斗很是艰险,一半在海上,一半在陆上,但最后国王还是赢了。他最终登上了陆地。"

"那信是谁写的?"

兰斯洛特突然坐了下来。

"是高文写的,可怜的高文写的!他死了。"

"死了!"

"那他怎么还能写……"布雷欧贝里斯开口道。

"这是一封可怕的信。高文是个好人。你们这些人都逼着我去打他,但你们不明白他内心里是多么好的一个人。"

"读一下啊。"鲍斯不耐烦地提议道。

"看起来我给他头上的那一击留下的伤口很危险。他本不应该随军出征的,但他很孤独很痛苦,而且还遭到了背叛。他的最后一个兄弟成了叛徒。他坚持要回去帮助国王——就在登陆作战中,他本来想发动攻击,但却不幸被人击中旧伤的部位,几个小时之后就死了。"

"我不明白你为什么要为此心烦意乱。"

"听我读信吧。"

兰斯洛特将信拿到窗户边,陷入了沉默,他察看着信上的笔迹。这封信令人动容之处在于,它的笔迹看上去简直跟写信的人迥异。高文并不是那种能让你把他跟作家联系起来的人。事实上,如果他像大多数人那样一字不识,那倒看起来会更为自然。但在这封信里,他并没用那种当时普遍使用的长钉般的哥特字体,而是用了老盖尔语的可爱草写小字,笔迹整齐,浑圆而小巧,一如他在昏暗的洛锡安从某个年老圣人那里学习这种字体时那样。由于他自那之后极少书写,所以这项艺术保留了它的美。那是一位年老女仆的笔迹,或者是一位守旧男孩儿的笔迹,这个男孩儿两腿环着凳腿坐在那里,伸着舌头,专心致志地书写。他带着这份天真的精确和这些不合时宜的雅致笔尖,穿越痛苦和热情一直到自己的老年。就好像是一个聪敏的男孩儿从一件黑色的盔甲里走出——一个鼻尖上挂着鼻涕的小男孩儿,他赤着脚,露着蓝色的脚趾,就像一小串胡萝卜的手指间握着一个海藻根。

致兰斯洛特爵士,我此生所听所见所有高贵骑士之花:

  我,高文爵士,奥克尼洛特国王之子,尊贵的亚瑟国王的姐姐之子,向您致意。

  我要令天下人知晓,我,圆桌骑士之高文爵士,乃自己取死——与您无涉,一切皆是我自寻死路。由此,我恳求您,兰斯洛特爵士,重回故土看看我的坟墓,多少为我的灵魂祈祷几句。

  在我写此信的同一日,我被击中您先前击中我的同一伤口,兰斯洛特爵士,我已垂垂将死——没有比您更高贵的骑士,死于您手中,我死而无憾。

  又及,兰斯洛特爵士,对我们之间一直以来的所有情谊……

兰斯洛特没再读下去,将信扔到了桌子上。

"算了,"他说道,"我读不下去了。他敦促我火速去帮助国王对抗他的兄弟——他的最后一个亲人。高文深爱着他的家人,鲍斯,可最后却一个都没给他留下。但是他却写信来原谅我了,他甚至说这都是他的错。上帝知道,他是一个正直善良的兄弟。"

"我们该怎么帮国王?"

"我们必须尽快赶到英格兰。莫桀退到了坎特伯雷,在那里他又发动了一场战斗。战斗现在可能已经结束了。这封信被风暴延误了,一切必须火速进行。"

布雷欧贝里斯说道:"我这就去照看马匹。我们什么时候起航?"

"明天。今晚。现在。等风小了就出发,越快越好。"

"好。"

"还有你,鲍斯,照管好马料。"

"是。"

兰斯洛特跟随布雷欧贝里斯走向楼梯,但却在门口转过身来。

"王后被困住了。"他说道,"我们必须把她救出来。"

"是。"

鲍斯单独留了下来,陪伴他的只有风,他好奇地拿起那封信。他把它倾向昏暗的灯光,欣赏着那"z"一般的"g",卷曲的"b"和弯曲的"t",它们就像是耕犁的刃片,细小的字行就是它们犁出的一行行垄沟,散发出新土般的芳甜,但垄沟却一路蜿蜒着走向了终点。他把信翻了过来,看到了那褐色的落款。他将结语拼了出来——用嘴一字一句地读了出来,与此同时,灯芯草正在轻轻拍打,烟雾正一阵阵地向上冒,狂风正在怒号。

我在今日写下此信,在我死去的两个半小时之前亲手写下此信,故此签名包含着我心之血。

奥克尼的高文

他将这个名字拼了两次,嘴巴轻轻地开合——高文。

"我想,"他怀疑地高声说道,"在北方他们是不是将这个读作库胡林①啊?这些古老的语言你真的是很难弄清楚啊。"

---

① 库胡林(Cú Chulainn)是凯尔特神话中半人半神的英雄,活跃在公元1世纪左右的爱尔兰部族。

然后他放下信，走到沉闷的窗户边，开始哼起一首叫做《雾，山上的雾》的曲子，它的歌词在时间的洪流中已不为我们所知，但或许它们就像是我们现代的歌词，歌里唱到：

血仍强壮，心仍高地
我们望赫布里底群岛于梦境。

第十四章

同一股凄风在位于索尔兹伯里的国王的营帐四周呼呼地刮着。在当你经历了外面的喧嚣后,你会发现这里面有一种寂静的平和。这座营帐的内饰很华丽,四面挂着皇家壁毯——其中就有乌利亚,仍处在被砍成两半的那个瞬间,卧榻上铺着厚厚的毛皮,蜡烛闪烁着光芒。这是一座大营帐,而非普通的那种帐篷。国王的铠甲在营帐后面的行李架上幽幽地闪着光。一只粗野的猎鹰有容易尖叫的恶习,现在它被戴上了头罩,一动不动地站在一根像是给鹦鹉栖息的那种栖木上,沉思在它祖先的噩梦中。一只白如象牙的灵缇犬蹲伏着,尾巴卷成灵缇犬特有的那种骨镰形状,用母鹿般温柔的眼神怜悯地看着老人。一张瓷釉棋盘靠床而放,上面摆着用碧玉和水晶制成的棋子,最后的阵势是将死王棋。这里到处都是文件。秘书的桌子上,读书桌上和那几个凳子上全都盖满了文件,这些枯燥的文件有的是政府文件——这个政府依然勇敢地坚守着,有的是法律文件——这些法律仍须编纂,有的是粮食补给、武器装备或当日的命令文件。一本大账簿摊开在一张便签上面,这张便签的内容涉及某个可怜的违反军规者,他是威廉·爱特·莱恩,因抢劫被判处绞刑。在便签的边沿上,秘书用整齐的字迹简洁地给他写下了墓志铭:"悬吊而死。"很契合这种悲怆的气氛。

在盖着读书桌上的文件中，有成堆的请愿书和抗议书，但它们都已经过了国王的审阅并签上了自己的署名。对那些同意的文件，他会用不那么流畅的字体写上"国王钦准"，对那些驳回的文件，则会用上皇室惯用的礼貌托辞："尚待重议"。这张读书桌和椅子是一体的，而此刻国王正情绪消沉地坐在那里。他的头枕在文件堆里，文件被弄散了开来。他看上去就像是已经死了——他已经垂垂将死。

亚瑟已被彻底累垮了。接连着打的两场仗击垮了他，一次在多佛，一次在巴巴拉高地。他的妻子成了囚犯，他的老友被放逐，他的儿子想杀死他，高文已埋葬入土，他的圆桌烟消云散，他的国家深陷战乱。但是，只要他心中的那些基本信条没有被毁，他就能以某种方式面对这一边。很久以前，当他的心智还是那个叫做瓦特的机敏小男孩儿的心智时，一个摇摆着白胡子的仁慈老人教导了他。梅林教他相信——人是可以变得完美的；就整体而言，人是体面的，而非残忍；美好的东西是值得一试的；世界上并没有原罪这样的事。在假设人性本善的前提下，他被锻造成了一种助人的武器。他被那个陷入迷途的老教师煅造成了某种巴斯德或居里或那位耐心的胰岛素发明者式的人物，他此生注定要担负起反抗"武力"这个人类精神疾病的使命。他的圆桌，他的骑士精神理念，他的圣杯，他对法治的奉献，所有这些都是他为他被教导的东西所做努力中的一个个阶梯。他就像一个终身不渝研究癌症病源的科学家。强权——他要终结它——他要让人们更加快乐地生活。但整个大厦都必须建立在第一层屋基之上——人人都是体面的。

回首他的这一生，他感觉自己一直总是在忙碌着筑坝治洪，而不管什么时候去查验，他总能发现在新的地方又有了缺口，于是他不得不重新开始工作。这是"绝对武力"的洪水。在他结婚前的早年岁月里，他曾试图以暴制暴——在他那些对抗盖尔同盟的战斗中,但结果却发现,两件错事并不会变成一件正确的事。不过他还是成功地粉碎了封建战争之梦。后来,他成立了圆桌骑士,他想用一种更温和的方式来约束暴政,好让它能用于正途。他将那些强权人物派出去拯救受压迫的人,惩治罪恶——镇压那些贵族的个人势力,一如他镇压那些属国国王那样。他们这么做了,直到随着时间的推移,目标已然实现,但是他手中的武力却仍然不受控制。于是他寻求了一个新的渠道,派他们出去执行上帝的使命,去寻找圣杯。但这同样也失败了,因为那些找到圣杯的人获得了圆满,消失于尘世,而那些没找到的人很快就返回,并无多大的改观。最后,他试图为武力做一个全面的筹划,姑且可以这么说,就是用法律来紧紧绑住它。他试着编纂个人滥用强权的法典,这样一来他就可以用客观公正的国家法治来约束他们。为了客观的法治,他已经准备好牺牲自己的妻子和最好的朋友。但到最后,正当个人强权看起来已被约束的时候,他却发现强权法则以另外的形式在他身后跳了出来——集体强权,帮群暴力,还有无法适用于个体法的无以计数的军队。他约束了单个的强权,但到头来却发现单个的强权其实是群体强权其中的一个表现形式。他克服了单个人的谋杀,却要面对多数人的战争,而这里并没有这方面的法律。

他早年间那些对抗洛特王和罗马独裁者的战争,是为了推翻那种就像是猎狐和为赎金押注这类事情的封建战争协定。为了推翻它,他引入了全面战争的理念。而在如今他已垂垂老矣之时,同样的全面战争又重现,而且演变成全然的仇恨,演变成为最现代的战争状态。

现在,国王把额头靠在文件上,双眼紧闭,他试着让自己什么都不去想。因为如果真的有原罪这样的事,如果人从整体而言确实是恶棍,如果《圣经》说的属实,人心比万物都狡诈,坏到极点,那他这一生的目标到头来终究是一场空。如果他想把骑士精神和法治嫁接在"鞭笞者""蛮人"而非"智人"这样的积木上,那骑士精神和法治只不过是孩子的一种游戏罢了。

在这个想法的背后,还有一种更糟的想法,他一直没敢去想。或许人既不善也不恶,他只不过是没有生命的宇宙中的一个机器——他的勇气不过是对危险条件式的反射,就像被针刺了会自动跳起一般。或许世上并无美德可言,除非说被针刺了跳起来是一种美德,而人性也只不过是一个被爱的铁萝卜引着走的机械驴子,靠无意义的踏车般的繁殖一直延续。或许强权是一种自然的法则适者生存。或许他自己……

但是他再也想不下去了。他感觉好像他的两眼之间有什么东西正在萎缩,就在他鼻子底部与头颅骨相连的地方。他睡不着了,他做了好几个噩梦。明天就是最后的决战了,而他还有这么多的文件需要审阅和签署,但他现在已无法审阅,也无法签署了。他无法将自己的头从桌上抬起来。

人们为什么要打来打去的?

这个老人一直都是一个尽职尽责的思想家,绝不是那种有感而发的类型。现在,他那疲惫不堪的大脑又滑入了它那些惯常的圈子——一条条破败的道路,一如驴子绕着走过踏车走过的那种,他已经绕着它们步伐沉重地走了好几千次。

到底是邪恶的领袖将无辜的人民引向屠杀,还是邪恶的人民依照自己的内心选择了他们的领袖?表面看来,一个领袖要强迫一百万英格兰人违背他们的心愿行事看起来并不可能。比如说,如果莫桀急欲让英格兰人都穿衬裙,或者要他们全部倒立,那他们当然不会加入他的教团吧——不管他的引诱多么聪明,多么有说服力,多么诡诈,甚至多么可怕,一个领袖肯定得提供什么东西来吸引那些他领导的人吧!他可能在将要倒塌的大楼上推了一把,但是不是它在倒塌之前自己就摇摇欲坠了吗?如果真是这样的话,那战争就不是邪恶的人领导善良的无辜之人造成的灾难。它们是国家运动,有着更深更微妙的源起。而且事实上,他并没有觉得是他或者莫桀将这个国家引向了痛苦。因为如果随便就能将一个国家引向不同的方向,就像是牵着一只猪,那他为什么没有将它引向骑士精神,引向法治,引向和平呢?而他一直都在尝试。反之——这是第二个圈子——就像是地狱一样,如果既不是他也不是莫桀造成了这场痛苦,那谁会是元凶?战争在通常情况下又是如何发生的?因为任何一场战争似乎都植根于先前的战争。莫桀前面是摩高丝,摩高丝前面是尤瑟·潘卓根,尤瑟前面还有他的祖先。似乎是该隐先杀了亚伯,霸占了他的国家,亚伯的后人才想重新夺回他们祖先的财产。人类正是这样一代接一代地以暴制暴,以屠杀对屠杀,无人能从中得到任何好处,因为双方都深受其害,但没有人可以逃脱得掉。现在的战争可能应归因于莫桀,或者应归因于他,但它同样应归因于那些"鞭笞者",归因于兰斯洛特、桂妮薇、高文,归因于每个人。那些以剑为生的人终究会被剑所杀。只要人类拒绝忘掉过去,那所有的一切看起来都将是走向痛苦。尤瑟和该隐犯下的恶行只有通过忘记它们才能得到纠正。

　　姐妹们,母亲们,祖母们:一切都植根于过去!上一代的任何行为都可能会对下一代造成无法估量的影响。所以仅仅打个喷嚏也可能会是投进池塘的一颗卵石,它的涟漪可能会扩展到最遥远的海滨。人类唯一的希望似乎是什么事情都不做,不为任何事动干戈,就像一颗没有投出去的卵石那样保持不动。但这将会是极为可憎的。

　　什么是对,什么是错?"做"与"不做"靠什么来区分?如果让我重活一次,老国王想,那我会隐名埋姓地待在一个修道院,因为我害怕"做"会导致灾难。

　　既往不咎是第一要义。如果一个人做的事,或者他父亲所做的事，是连续不断的一连串地定会产生血腥后果的"行为"，那我们必须忘掉过去，重新开始。人类必须准备好这样说："是的，既然该隐已经失了公正，那我们只能接受现状，只有这样我们才能结束现在的痛苦。故土已被洗劫，人民已遭屠杀，国家已蒙耻辱。让我们现在不计前嫌，重新开始，而不是纠结于过去与未来之间。对过去以牙还牙无助于我们建设未来。让我们像兄弟一样坐下来，接受上帝的和解。"

不幸的是，人类的确也这么说过，而且每次战争之后都这么说，但战争却连续不断。他们总是说，现在的这次是最后一次，此次战争结束后，这里将会是天堂般的世界。他们总是想重建一个从未见过的世界，但当那个时刻到来时，他们却变得极其愚笨。他们就像是一群喊着要盖房子的小孩儿——但是，当真要盖房子的时候，他们却没有了动手的能力。他们不知道该如何选择适合的材料。

老人的思绪前行得极其费力。它们引着他原地转来转去——它们按原路折回，同一条道走了两次，但他早已对他们习以为常，所以他无法停下。他进入了另一个圆圈。

或许正像共产主义者约翰·巴特所说的，战争最大的原因是个人财产。

"英格兰的情况并不好，"他如此说道，"而且会一直不好下去，只有一切都为人们共同所有之后才能改观，到那时将不会有村夫和绅士之分了。"

或许战争发生的原因是人们总爱说我的王国，我的妻子，我的情人，我的财产。这正是他，兰斯洛特还有其他所有人一直在内心深处所持的想法。

或许，只要人们想拥有各自的东西，而且彼此不相干，即便荣誉和灵魂也是如此，那战争就永远也无法避免了。饥饿的狼总是会袭击肥美的麋鹿，穷人总是会抢劫银行家，农奴总是会闹革命反抗比他们地位高的上层阶级，穷国总会向富国开战。或许战争只会发生在有财产和没有财产的人之间。为了反驳这个观点，你会被迫指出一个事实，那就是没人能定义何为"有"。一个穿着银甲的骑士如果碰到一个穿着金甲的骑士，他会立即说自己"没有"。

但是，他想，不管"有"该如何定义，可以暂且假定"有"是这个问题的关键所在。

我有，而莫桀没有。他自相矛盾地对他的这个想法提出了异议：这么说不公平，就像是莫桀或者我是这场战争风暴的推动者似的。因为事实上，对对方的势力来说，我们只不过是有名无实的领袖，这些势力似乎受某种推动力的支配，好像这个社会结构之下有某种推动力。莫桀现在正无助地被多到无以计数的人推着走——有的是信奉约翰·保尔的人，他们希望通过宣扬人人平等来获得支配同胞的权利；有的是看到了剧变的契机，想借此扩展自己的权势。它似乎是来自于地下。在这些追随约翰·保尔和莫桀的人中，有的是想提升地位的下层人，有的是因自己不是圆桌领袖故而仇恨他的人，有的是想成为富人的穷人，有的是想获得权力的人。而追随我的人——对他们来说，我不过是一个标杆或一个护身符——正好是那些领袖骑士，他们是想捍卫自己财产的富人和不准备让自己权势溜走的人。这是一场"有"与"没有"之间的武力会战，一场男男女女之间的疯狂冲突，而非领袖间的争斗。不过先不谈这个。假设战争源于"有"这个模糊的论点在大体上存在。在这种情形下，正确的做法就是拒绝拥有任何东西。就像罗切斯特曾指出的那样，这是上帝的忠告。但这世上既有受到针眼儿威胁的富人[①]，也有银钱兑换商。这正是教会无

---

① 《圣经》中有这样话：骆驼穿过针的眼，比财主进神的国还容易呢。耶路撒冷中有一个小城门，别称"针眼"，骆驼必须把驮的货物卸下，屈膝跪下才能通过该门，意指人要放下一切，在主面前谦卑下来顺服神，才能进天国。而财主贪恋、贪玩、好色、贪图名利，不愿放下，所以进不了天国。

法过多介入世界上那些可悲事务的原因,所以罗切斯特说道,当国家、阶层和个人总是喊着"我的,我的"的时候,教会却被指示说"我们的"。

如果真是这样的话,就这一点而论,那就只剩下一个分享财产的问题。这将是一个分享所有一切的问题——甚至是分享思想,分享感觉,分享生活。上帝告诉人们,他们必须停止以个人的方式生活。他们必须参与到生命的力量当中,就像一滴水珠滴进大河。上帝说,只有那些能放弃嫉妒的自我,放弃无用的个人的悲喜的人,才能平和地死去,并进入天国。想要拯救自己生命的人,先要失去它。

但老人花白的脑袋里有某种东西并不能接受这种来自上帝的观点。显然,要是没有子宫,你也就不需要去治疗子宫癌。彻底而激烈的治疗方法会切除一切——包括生命。完美的忠告若没人去遵循,那就根本不成其为忠告。想让尘世变成天堂是没有用的。

另一个破败的圆圈在他面前旋转。或许战争的源起是恐惧——对可靠性的信赖。除非这世上有真相,除非人们说出真想,否则个人之外的一切都充满了危险。你告诉了你自己真相,但你并不能确定你的邻居也对你这样。这种不确定最终会让你的邻居成为一种威胁。至少这是兰斯洛特对战争的解释。他过去曾说过,人最重要的财产是他的"承诺"。可怜的兰斯,他已经打破了自己的承诺——但尽管如此,世上已没有几个像他这样的人了。

或许战争之所以会发生,是由于国与国之间对承诺缺乏信心。他们担惊受怕,所以他们互相攻伐。国家就像是人——它们也有自卑感和优越感,也有仇恨和恐惧感。将国家人格化是站得住脚的。

怀疑与恐惧,占有与贪婪,对宿怨的仇恨,所有这些看起来都是战争的一部分,但他们却并不是战争的解决方法。他也看不到真正的解决方法。他已经太老,太累,太痛苦,无法再进行建设性的思考。他只是一个有着善良用意的人,只是在那位有着某种人性弱点的古怪巫师鞭策下才有了这些思考。法治是他最后的努力——就是不做任何不公正的事,但最终却也归于失败。有所作为已被证明太过困难。他现在已经完了。

亚瑟抬起了头,想证明自己还没完。他心里有某种不能被征服的东西,那是一种朴素的壮丽色泽。他直起腰,手摸向铁铃。

"侍从。"他喊道,小男孩儿一边小跑着进来,一边用指节揉着眼睛。

"陛下。"

国王看着他。即使在他处于绝境的时候,他也能注意到别人,尤其当他们是新人或者体面之人。当他在高文的帐篷里安慰他的时候,他其实是最需要安慰的人。

"我可怜的孩子,"他说道,"你应该上床睡觉了。"

他用一种紧张而倦疲的眼神注视着男孩儿。他已经很久没看到过年少时的那种纯真和自信了。

"瞧,"他说道,"你能把这份便签给主教带去吗?如果他睡觉了,就别叫醒他了。"

"陛下。"

"谢谢。"

当小男孩儿走出去的时候,他又把他叫了回来。

"啊,侍从。"

"陛下?"

"你叫什么名字?"

"汤姆,陛下。"他很有礼貌地答道。

"你的家在哪里?"

"沃里克附近，陛下。"

"沃里克附近。"

老人看上去正在试图想象这个地方的样子，就像它是伊甸园，或者曼德维尔①所描述的一个国家。

"一个叫纽伯尔德维尔的地方，很漂亮。"

"你多大了？"

"十二月就满十三岁了，陛下。"

"我让你守了一夜？"

"不，陛下。我在马背上睡了好几觉呢。"

"纽伯尔德维尔的汤姆。"他语带惊讶地说道，"我们似乎牵扯进来了很多人。告诉我，汤姆，你明天打算做什么？"

"我要参加战斗，陛下。我有一把好弓。"

"那你要用那把弓杀人吗？"

"是的，陛下。我希望能杀很多的人。"

"假如别人来杀你呢？"

"那我就会死了，陛下。"

"我知道了。"

"我现在能去送信了吗？"

"不，稍等一会儿。我想跟人说说话，因为我的脑子现在一团糟。"

"我给您拿杯酒来吗？"

"不，汤姆。坐下，试着好好听我说话。把那些凳子上的棋子拿走吧。别人跟你说话的时候，你能理解吗？"

"是的，陛下。我的理解能力很好的。"

"如果我让你明天不去打仗，你能理解吗？"

---

① 约翰·曼德维尔（Sir John Mandevile, 1670~1733），英国作家，以《曼德维尔游记》一书闻名于世。

"我想去打仗。"他倔强地说道。

"每个人都想上阵打仗,汤姆,但却没人知道原因。如果我让你不去打仗,作为国王对你的特殊恩顾,你还会这么想吗?"

"我会按您说的做。"

"那就好好听我说。在这坐一会儿,我要给你讲一个故事。我已经是一个很老很老的人了,汤姆,而你还年轻。当你变老的时候,你要将这个今天晚上我讲给你的故事讲给别人,我要求你这么做。你理解这个要求吗?"

"是的,陛下。我想是的。"

"像这样讲。从前这里有个国王,他的名字叫亚瑟。他就是我。当他登上英格兰王位的时候,他发现所有的国王和贵族都像疯子一样彼此混战,而且,因为他们能在战斗时穿得起昂贵的盔甲,所以几乎没有什么能阻止他们为所欲为。他们做了很多坏事,因为他们就是靠武力生存。现在,这个国王有了一个想法,这个想法就是,如果一定要使用武力,那它必须要代表正义,而不是为了武力而武力。就这么讲,年轻的孩子。他认为,如果他能让他的贵族们为真理而战,去帮助弱势的人们,去纠正那些恶行,那他们的混战就不会像以前那样那么坏。于是他将所有他所知道的忠诚而仁慈的人都聚集到了一起,给他们穿上盔甲,封他们为骑士,将他的这个想法教给他们,让他们在一个圆桌前坐下。在那段快乐的时光里,他们一共有一百五十个,而亚瑟国王全心全意地深爱着他的圆桌。他对它很自豪,比对他亲爱的妻子还要自豪,在很多年里,他的这些新骑士们四处奔走,杀死巨魔,解救少女和可怜的囚犯,试着想匡扶天下。这便是国王的想法。"

"我认为这是一个好想法,陛下。"

"它是,也不是。上帝知道的吧!"

"最后国王怎么样了?"就在故事要结束的时候,这个孩子问道。

"由于某种原因,事情出了差错。圆桌分裂成了碎片,发生了一场惨烈的战斗,所有人都被杀死了。"

男孩儿自信地打断了他的话。"不。"他说道,"才不是。国王赢了,我们会赢的。"

亚瑟茫然地笑了笑,摇了摇头。他只想要真相。

"所有人都被杀死了。"他重复说道,"除了一个特别的侍从。我知道我在说什么。"

"陛下?"

"这个侍从的名字叫纽伯尔德维尔的年轻汤姆,他住在沃里克的附近,是老国王忍着耻辱之痛,在大战之前将他送走的。你瞧,国王想让某个人留下来,这个人会记住他那个著名的想法。他非常想让汤姆回到纽伯尔德维尔,在那里他会长大成人,在沃里克郡过着安宁的生活——而且他想让他将这个古老的想法讲给任何一个想听的人,这个想法他们俩当时都认为好极了。你觉得你能做到吗,汤姆斯①,满足国王的心愿?"

那个孩子带着绝对真诚的眼神说道:

"我会为亚瑟做任何事。"

"真是个勇敢的家伙。现在听好了,老兄。千万别把这些传奇人物给搞混了。是我告诉你我的想法,也是我命令你立刻骑马去沃里克郡,明天不要带着你的弓上战场。所有这些你都理解了吗?"

"是的,亚瑟国王。"

"你愿承诺从今之后保重你自己吗?你愿试着记住,当事情出了差错,你是承载这个想法的舰船,所有的希望都取决于

---

① 汤姆的昵称。

"我会。"

"我为这个利用你似乎太自私了。"

"这是您可怜侍从的荣幸,好陛下。"

"汤姆斯,我对那些骑士的想法就像是蜡烛,就像这里的这些蜡烛。这么多年来,我一直将它带在身上,用手遮挡着它,让它免遭风吹。它经常摇曳不定。现在我把蜡烛给你了——你不会让它灭了吧?"

"它会燃烧的。"

"好汤姆。光明使者。你刚才说你多大了?"

"快十三岁了。"

"那或许会是六十年,半个世纪。"

"我会把你所讲的传给别人的,国王。英格兰人。"

"你会在沃里克郡对他们说:'啊,他带着一根极其美丽的蜡烛?'"

"是的,老兄,我绝对会这么说。"

"那听好了:汤姆,汝须立刻出发。汝寻一良马,径往沃里克郡后方而去。"

"我会向后方骑的,老兄,这样蜡烛就会燃烧。"

"好汤姆,上帝佑你。出发前勿忘将便签送于罗切斯特主教。"

小男孩儿跪倒,吻了吻他的主人的手——他的外套看起来新得很荒谬,上面绣着马洛礼家族的纹章。

"我的英格兰国王。"他说道。

亚瑟轻轻地扶起他,在他肩上吻了一下。

"沃里克的汤姆斯爵士!"他说道——之后男孩儿出去了。

帐篷内现在空空荡荡的,一派壮丽的茶褐色色彩。狂风悲号,烛影摇曳,垂暮之年的老人坐在读书桌旁,等待着主教的到来。现在他的头又垂在了文件上。灵缇犬看着他，它的眼睛在烛光的映照下闪着幽灵般的光芒，看上去就像是两只散发着野性之光的琥珀杯。莫桀的大炮等待了一个晚上，就等着黎明大战的到来，现在它们在外面已开始了轰击。国王耗尽了自己的最后一丝努力，把一切悲伤都留给了自己。甚至当访客的手掀起帐篷的垂帘时，他的眼泪仍无声地顺着鼻子滑落下来，随着有规律的滴答声滴在羊皮纸上，就像是一个古老的时钟。他把头转向一旁，不愿被人看到，他已经不能比这样做得更好了。当垂帘落下，一个身披斗篷戴着帽子的怪异人影轻步而入。

"梅林？"

但那里并没有人——他只是在一个暮年的打盹中梦见了他。

"梅林？"

他又开始了思考，但这次他的思路却如往常一样清晰。他想起了那个教导他的年老巫师——他通过动物来教导他。他记得，这世上有五十万个动物种类，而人只是其中一种。人当然是动物——他既不是蔬菜，也不是矿物，不是吗？梅林教他关于动物的知识，教导他一种动物可以通过观察其他上千种动物的问题也学会一些东西。他想起了那些各自宣称自己边境线的好战蚂蚁和那些并不划分边境的温和野鹅。他想起了从老獾那里得来的教诲。他想起了莱莱和他们迁徙途中看到的那个岛屿，在那里，所有的那些海鹦、还雀、海鸠和海鸥都和平地生活在一起，他们保留着他们自己的文明，却毫无争端——因为他们并不宣称自己的边境线。现在他看清楚了他面前的问题，就像看地图那样看得一清二楚。战争最令人惊异之处在于，它是为了某种并不存在的东西而战。边境只不过是一条条假想出来的线。苏格兰和英格兰之间并不存在一条有形的线，虽然赫顿战役和班诺克本战役都曾为此而战。地理学才是战争的主因——政治地理学，除此之外，别无其他。就像海鹦和海鸠们所做的那样，国家之间并不需要有同样的文明，也不需要有同一类型的领导人。如果他们能给予彼此贸易自由、通行自由和访问世界各地的自由，那他们就能像爱斯基摩人和霍屯督人①那样，保留住自己的文明。国家还会是国家——但是，是可以保留自己文化和本地法律的国家。地面上假想出来的线只要不去想象即可。空中飞的鸟生来就略过了它们。在莱莱看来，这些边境线是一种多么疯狂的东西，如果人能学会飞行，那他也定会这么想。

老国王感觉精神振作，头脑清晰，几乎又准备开始思考了。

这里会有一天——一定会有这一天，他将带着他的圆桌重返格美利，这张圆桌就像世界一样，没有棱角——一张没有在国家之间有分界线的圆桌，它们可以围绕着它坐下，共进宴席。实现这一梦想的唯一希望在于文化。如果人们能够被说服去阅读和写作，而不是只满足自己的感官欲望，那他们仍有恢复理性的机会。

但要做另一番努力已经太迟。在此刻，他已注定走向死亡，或者如有些人所说，被带往阿瓦隆②，在那里等待一个更美好的时代的到来。在此刻，兰斯洛特的命运是接受削发仪式，桂妮薇则是戴上面纱，而莫桀必须被杀。这个人或那个人的命运不过是阳光普照下的大海浪涛中的一滴水，虽然是闪闪发光的一滴。

当他的敌对者的大炮在这个破败的早晨轰然响起时，英格兰之王打起精神，以平和之心迎向未来。

---

① 霍屯督人（Hottentots），南部非洲最古老的民族——霍屯督人。
② 阿瓦隆（Avalon）是亚瑟王传说中的精灵国度。亚瑟在与莫桀的激战中死亡（一说重伤），一艘船将他带到了阿瓦隆岛。在一些作者的笔下，亚瑟只是在那个岛长眠，总有一天他会回到英国重登王位。